中 阿 典 籍 互 译 出 版 工 程
مشروع تبادل الترجمة والنشر بين الصين والدول العربية

文学与文学批评

الأدب والنقد الأدبي

[巴林] 易卜拉欣·欧莱德 著
王 复 译

五洲传播出版社
دار نشر انتركونتيننتال الصينية

图书在版编目 (CIP) 数据

文学与文学批评 / (巴林) 欧莱德著 ; 王复译. --北京 : 五洲传播出版社, 2023.1

ISBN 978-7-5085-4951-4

Ⅰ. ①文… Ⅱ. ①欧… ②王… Ⅲ. ①世界文学－文学评论－文集 Ⅳ. ①I106-53

中国版本图书馆CIP数据核字(2022)第226693号

出 版 人：关　宏
策划编辑：荆孝敏　郑　磊
责任编辑：姜　珊
助理编辑：杨　雪
装帧设计：管　斌
内文设计：高　洁

文学与文学批评

作　　者：易卜拉欣 · 欧莱德(巴林)
译　　者：王　复
出版发行：五洲传播出版社
地　　址：北京市海淀区北三环中路 31 号生产力大楼 B 座 6 层
邮　　编：100088
发行电话：010-82005927　010-82007837
网　　址：http://www.cicc.org.cn　http://www.thatsbooks.com
印　　刷：北京市房山腾龙印刷厂
版　　次：2023 年 1 月第 1 版第 1 次印刷
开　　本：710 × 1000 mm　1/16
印　　张：10
定　　价：65.00 元

献给

美好语言之主

阿布杜来妥夫·贾斯姆·卡努博士

易卜拉欣·欧莱德

目录

序

这部具有综合内容的《文学与批评》一书，它的作者是卓越的巴林诗人和文学先驱易卜拉欣·欧莱德。他既是老一辈的大师，又是青春返还的易卜拉欣。安拉使他健康长寿，该书收进易卜拉欣·欧莱德先生在五十年代初发表于《文学家》杂志上的、但未汇编成书的一些重要文章，反映了他对文学批评的各种意见与看法。

易卜拉欣·欧莱德是我们伟大的老师。在巴林，在海湾，我们中间有谁没有听过他的声音或他的名字呢？他是老师，是文豪，是名副其实的先生，是文学家使者，是感召的诗人。他，我们家喻户晓，他的作品，我们人人拜读。我们欣赏他，热爱他，他是一位奉献忠告的父亲，一位德高望重的兄长，一位知识渊博的伟大学者。岁月磨练了他，使其获得了经验、能力和尊严。他是巴林、是海湾、是整个阿拉伯世界的思想与文学之船的一位船长。

关于他，诗人加兹·阿布杜拉赫曼·盖绥比博士说：“我们海湾的诗人，是在他的肩膀上诞生的。我们出生时，只是他那些纸页上的小小的段落和词字。在我们尚未诞生之前，他便带着我们走向各地……他讲的是诗，海湾说出的是散文……你们说，他那时是海湾的诗人……那么……我则要说：不！他那时是海湾的诗。

“我们出生了，只见他那高大的身躯矗立在我们面前，俨然海湾中一棵不屈的枣椰树巍然挺立。那慈祥的微笑，如装扮海湾之夜的星辰；那清澈的双目，如海湾水中两朵洁净的浪花。他那燃炽的思维，如海湾正午穹空上的骄阳。我们这群孩子站立着，眼花缭乱，仰视着那伟岸之躯、慈祥的微笑，清彻的双眸和耀眼的太阳，敬畏而尊崇地、反复不断地叨念着：

……大师来了……

……大师走了……

……在我们这一时代全海湾只有一位大师！

易卜拉欣·欧莱德以其五十多年间的持续不断的创作的馈赠，成为我们美好国家的象征与体现，与善美、恩惠、友情与爱并提。他是艾瓦勒[①]的创作人才。谢赫·伊萨·本·拉希德·哈里德[②]是这样谈论他的：

“他像我们那丰饶的土地上的高大的枣椰树，像我们大海

① 艾瓦勒是巴林的古称。艾瓦勒是旧时巴林人崇拜的一个神的名字。

② 谢赫·伊萨·本·拉希德·哈里德，巴林青年委员会主席。

中的灯塔，给我们带来幸福。我们因他而自豪，即如我们以我们祖国的文明，以一切在我们的历史上留下了使世界了解我们的光辉文字的人而自豪一样。我们爱他，又如爱我们诸岛之岸、爱其辉煌的太阳、胶洁的月亮和任何留下骆驼足迹的角落一样。

“我们的欧莱德先生爱恋诗，写诗，与诗同游那充溢着花香、柔情和光艳的陌生世界，欲接近之，并融于其间。为此，他真诚、严肃，并全力表达了。于是，他到达了，与他的诗一起，在世界中翱翔。他的诗犹如奔流不息的甘露之河，只要你走进它，便会看见，那水流中尽是崭新的美的倩影。”

愿安拉保佑我们的大师易卜拉欣·欧莱德健康、长寿，保佑巴林诗人和它的文学界及文学家们的常驻使者。他以其不间断的创作，使现代的巴林在我们阿拉伯民族的文化创作方面获得了应有的地位。他是我们这平安国度之民的精华，是高举知识、文学的火炬，做着无限的奉献，真正的现代巴林先驱巨匠们中的一位创作的前行者。愿安拉保佑我们尊敬的大师易卜拉欣·欧莱德长寿。安拉指引并帮助人实现自己的目的。

阿布杜来妥夫·贾斯姆·卡努博士

1996年3年23日于麦纳麦

风格之后：

个性研究的前言

联　想

联想是我们生活中最伟大的遗产。生命不息，我们对生活的态度与看法便以这种联想为基础。随之是我们对这大地上的生活所追寻的崇高理想的依恋。实现那遥远目标的唯一方法就是这种我们在近处可实现的联想。在路的尽头等待着我们的目标便是对生命的庆祝。

这联想确是奇妙。我们如果超越生活而进入到文学之中便会看到文学是基于联想的。而这种联想因素又使一个人的逻辑异于另一个人。我们能在同一代文学家的作品中看到这种逻辑的不一致所导致的巨大的差别的痕迹。

据传一些诗人在与阿卡杜·买立克·本·买尔旺[1]同席而坐说诗论句时提起了纳西布的诗句：

当我生活在世间，
总把戴阿杜痴恋。

① 阿卡杜·买立克·本·买尔旺，倭玛亚王朝的第五任哈里发。

如果我人亡命断，
后来钟迷她的人多么可怜。

当时有人说：“以安拉起誓。他的句子不好，莫非他为在他之后迷恋那女子的人难过？”

阿卡杜·买立克便问：“要是你，该如何安排这句？”

那人说：“我要这样说：

当我生活在世间，
总把戴阿杜痴恋。
如果我人亡命断，
定把她托付给后来的钟迷汉。

“以安拉起誓，你把她托付给别人的表达更差。”阿卡杜·买立克说。

大家便问：“穆民的领袖，要是您，该如何说呢？”

“我要这样安排：

当我生活在世间，
总把戴阿杜痴恋。
如果我人亡命断，
她不会使任何追求者意满。”

他刚刚说完，众人立即交口称赞道：

“穆民的领袖，您是最会做诗的人。”

我们所以讲这个故事，是因为其中多处证明了我们的思想。如果我们不去重视这个传说中所表现出的古人看待文学的观点，而仅仅去看这些诗行，便会发现其中确有许多可商榷之处。这里，我们不无遗憾地说，这些古人，又如他们所习惯的那样，沿袭他们传统的标准，在批评方面犯了错误。应该说，在心理方面，纳西布的联想是正确的，这正是一个热恋者在自己所钟爱的人面前遭受拒绝时所产生的感情。第二个人的联想是做作的，略带抽象与冰冷之意。其原因是，因为他没有感受到诗人的真正的感情，而只是想以某种方式与同席的人说话，可以不与实际进行任何联系。至于阿卡杜·买立克的联想——仅就此话题而言——那是他特有的联想，对于他这万民归顺的王位之主来说是正常的、正确的。他已习惯于高高在上，展示自己的权威和尊严。他对待爱情与他的王权的态度是一样的：是自私的，而非利他的。

同样，对于社会上生活在我们周围的人，对于那些我们因与其的社会关系而感到幸福或痛苦的人们，我们只能在一切特殊的或一般的情况之下，在这里或在那里，通过那些消极的表现或积极的反应来识别他们。而这种特殊的或一般的情况，则在某一时刻或许多时刻，在不依我们或他们选择的条件下，以其浪潮席卷着我们。于是，我们便按照这些社会关系，来判断这个是好的，那个是孤傲的，第三个是不正常的……从原则上讲，只有当各种事件的撞击把我们中的一部分掷入另一部分人的怀抱之中，我们认识的这些人的这种行为多次重复时，我们才能识别真相。同样，在文学当中，对于以文学形式出现，以话语为其自身的门面和框架的精神的真相，我们也只能在普通的或不平常的环境中，通过这个词或那个词所感受到的消极表现或积极反应的象征弄清。这种消极表现或积极反应，使人们产生如触电般的强烈反应。于是，这些人便试图在我们与他们发生联系的一个时刻或许多时刻，将这种反应和影响传给我们。但此时，是由我们选择，而不是他们选择。在这种呼应之后，我们便说，这是恫吓，虚张声势；那是强劲说辩；另一个则是拘泥呆板。这时，我们没有了解真相的欲望，只是要品味。这种品味是每当生活将我们与他们在那些书页上亲密相聚之时，反复地受到他们的口、笔的影响之后产生的。

以前，伊斯哈格·摩索里[①]曾经说过：

一次，我给伊绥买伊读乌姆鲁勒·盖斯（蒙昧时期著名的悬诗作者之一）的诗。当我读到下面这些诗行：

> 为了一位家人来到拉沃德·舍里的贝都因女，
> 你的双目竟圆圆瞪起？

他对我说："你发现这行诗里有一处不显露的隐点吗？

"没有。"我说。

他便沉默不语了。见此状，我便说："若真有，请指教。"

"好吧。"他说。"这行诗难道没有向你证实，这是一位要实现自己愿望的高傲的君王之言吗？"

因此，伊斯哈格说：我从未见过比伊绥买伊更懂诗的人了。

---

① 伊斯哈格·摩索里，阿巴斯时代的诗人及乐曲传记家。

在社会与文学中，这种个人的联想，是戴着感情的面具的。这话的根本意思是指把一个人同另一个人联系起来的东西。因为这个人内心中由于联想而产生的激情，给予了他这个面具。但是，他处于人们当中时的变化使这种激情复杂，几乎不能在面具面前辨认出他来。

这种联想也许会使一个人远离社会之情，远离文学的各个方面，如同生活在森林之中。但是，即便如此，那也纯粹是一种感觉。因为，这些师于联想的激情，既然能以其原始之态，平等地伴随着这个人，而这个人又能独自一人，过着孤立于社会之外的生活，那么，它那原始的形式也不能超越感觉的阶段。只有当人们的事情稳定下来，对之产生了共同的理解之时，我们所熟悉的感情才会产生。而文学的真相，只是在一种以激情的氛围启发文字进行的联想的音乐的框架之内，对这种激情的一种分解和组合。于是，激情的想象便以其象征性的指引进行联想，重又将其过去的状况传给你。如果文字有其外在的音乐，那么，在它那些字母之后，定有激情的内在音乐。心则是在那些具有这两种现象的纯粹的吟唱段落中，与之呼应。当这些段落只具有其中一种现象时，那么，仅就内在音乐方面来说，诗是无言的，是启迪式的。如果没有超越外在音乐，诗则发出响亮的声音。如果两种现象均无，那就没有诗，而只是韵文。

艾布·法拉斯·哈姆达尼被罗马人俘虏后，吟诗道：

近处的鸽子咕咕不停，
我把话儿说给他听：

邻居，
但愿你感受我的处境。
在爱情的避难所里，
你未遭受被抛打[①]的苦痛，
愁伤未在心头聚涌。
啊，我的邻居，
世事对我们曾不公平。
来吧，让我与你把忧伤分承。
看，我的精神如此孱弱，
在遭受折磨的身躯里穿行。
莫非要俘虏欢笑，
遗弃者泣声？
　　让忧伤者沉默，
流泪者耐哭不停？
　　我比你更应催动眼中的泪水，
但是，遭逢灾难时，
我的泪水昂贵价增。

你也能像我一样，从这些诗行中，感受到了心儿紧闭着双目为之呼喊的内在的音乐吗？这是个品味的问题。巴鲁迪[②]没有选中这囚诗，因为它不像诗人集子中的其他诗句一样，或铿锵作响，或乐声不断。

① 阿拉伯诗歌中常用的一种比喻，指某人被爱人遗弃或拒绝。

② 巴鲁迪，买玛立克王朝诗人。曾收集了一本包括古代几十位诗人的《诗选集》。

关于外部的音乐，你不难看到布哈吐里是一位以其诗的乐感令你快乐的诗人。他说：

当我们相聚，
纯洁是我们约会的时间
一颗美丽的玉珠令集珠人惊叹。
她微笑，使明珠熠熠光闪，
她启齿，落下珍珠串串。

我不是说此诗没有内在的乐感。事实是，那种内在的乐感犹如精神，流溢于他的大部分诗中，与这种外在的乐感齐奏同在，在读者心中留下了充满迷人之情的气氛。这正是我们这位诗人的大风琴所奏出的不同于他人的美妙之音。

正是由于人们之间这些感情的交错，人的各种感情便丰富和发展起来。如果感情十分和谐，便能如那些音符一样，达到崇高境地。如果感情始终浮躁，没有和谐，那么，对一些人来说，这种感情的交错也可以产生最低级的兽性。而这种兽性的特征又是根植于所有的人的本性之中的，这就是隐藏在一切心理问题之后的最简单的真相。无论这种真相所处的范围是作为一种艺术的文学，还是在其活动场所——生活之中，都是因人而异，因环境不同而产生着区别。

在生活方面，通常在一般的范围之内，因为一个活着的人在同其他人交往的过程中，不需要引发反复无常的变化，而许多活着的人们，也没有余地按照自己的性格，彼此之间采取相互矛盾的立场。于是，每一种人都有自己的趋向，有时也许是自己的独立。而在文学方面，因为文学家的口和笔所表述出的内容，只需要在众目睽睽之下，以分析或组合的过程，来驱动这些个性地活着的偶然的感情。这些感情是在文学以其联想所默示的范围之内，以风格的形式产生的。

这种个性的独立性表现得越多，那么，它的风格便具有其他人不可能共有的特点。

因此，当我们对一个人或对其在文学中的理想形象判断为好或坏时，那么，这种判断实际上是针对感情，那种由于相互嫌恶或彼此和谐而驱动联想的感情。个性，只是面对生活产生的充沛感情的直接的果实。是感情将其主人展示在我们面前。这人，在这里是个具有可爱个性的人，在那里，则可能相反。这种情况出现的条件是，这些感情就其真相来说，只是一个人内心深处的联想的外部形象。

这种感情，而且只有这种感情，委托我们去处理我们的一切个人联系，并要求我们在这不管我们情愿还是不情愿都成为其成员的人类社会中，对其成员采取这种值得记忆的立场。那么，这种感情为什么不能对文学产生深远的影响呢？因为每一个人在自己特殊的环境中，面对所遭遇的事件，都分别有自己的反应。于是，我们在这各种事件之中，看到了心所反映出的形象，即被我们称之为个性。实际上，个性只是许多关于我们所不了解的人的事情的考虑，这些考虑是可以通过他的行为看穿的，而控制着这些考虑的，又是感情。

那么，显示个性，特别是在文学中显示个性的主线，首先是我们对生活的态度。第二是我们对生活的看法。以前，我们曾经说过，每一个诗人，不管其社会地位如何，首先由于他对生活的态度，他或者会像痴迷于莱依拉的买吉努那样，如陨落在一个最狭小的范围之中的星辰那样，蜷缩在自己的内心之中：

啊，我的心儿，
你莫非未向我许诺，
当我离开莱依拉，
你也将她放弃？
现在，
我已与她的爱远离，
可你的承诺为何消融无迹

或者像那普照大地的宇宙之光那样勇往直前，如穆泰乃比[①]那样抨击现实：

我看大家都追求生活，无限珍惜，
为之神魂颠倒，热望无际。
心灵胆怯人的爱由提防携引，
心灵勇敢人的爱由战争滋润。

然后，由于他对生活的看法不同，或者十分乐观，如那因鲜花盛开而欢笑的春天、等待着自己情人的艾布·贝克尔·宰哈里所说：

---

① 穆泰乃比(915年—965年)，著名的阿拉伯诗人，其许多哲理性诗句流传至今。

当我们来到了露珠初降的地方，
那优雅的处所，光明的花园，
给我们美的享受、芳香与希冀，
我便祈盼，而你就是我的愿望。

或者忧郁悲观，如阴云沉沉的天空，如被法齐弄得手足无措的艾布·艾哈尼夫那样：

如果有什么令她高兴却把我伤残，
我将不顾自己去为她实现。
我没有一天能快乐心安，
请告诉她吧，
我能不把泪水抛向自己的昨天！

由此看来，情况不一，诗人们的心情则处于这“两极”之间的不同地点。同样，其他人也都是如此，而诗人则是以艺术的手段，表现出这种区别的程度，以将这种个性的特点展示出来[①]。因此，无论是在诗中，还是在其他的艺术之中，文学批评对这种个性的价值的重视都不如对诗人成功地表现这种个性的重视[②]。

① 参考《诗歌在诸种艺术中的地位：诗歌中的感情》一文，发表于《文学家杂志》1948 年 1 月第 1 期。

② 《诗歌的风格》一书的序言——《哲理与艺术之间》，1950年由《文学家》杂志出版社出版。

这些，我在《哲理与艺术之间》一文中已经谈过了[①]。那么，既然我们的研究从现在起，要集中力量探索个性的秘密、历史上具有这些个性的人们的特点，我们所发现的一些诗人们成功地将个性展现出来以及从各种方式背后来洞察其真相，那么，现在我们就应该扩大对这一问题的分析，进行充分的研究。

① 参考《哲理与艺术之间》一文，发表于《文学家》杂志，1950年1月第1期(贝鲁特)。

我们对生活的看法

遗传因素

我们已经说过，对生活的看法，使一个人对周围的一切或持乐观态度，或持悲观态度。这种看法对人感情的控制，胜过对人意愿的控制。它使人在社会中进行工作的推动力多样化的程度胜过它对这些推动力的激发。由于人的乐观，他对生活赐予的一切满心欢喜，同样，由于他的悲观，即使他原地未动，什么也没做，对生活对自己的要求亦十分不快。

那么，这种以其阴暗的色彩和艳丽的色彩使我们对生活产生了形形色色看法的不悦与愉快的原因均只源于遗传因素，我们对其毫无影响吗？乍看起来，确实如此。但是，在仔细的研究之后，那些分析出现不悦或愉快的感觉的最首要的因素的人们中的一部分认为，产生乐观或失望的感觉，与遗传因素并无关系，遗传因素不能起控制作用。这些人的实践经验以及对历代人们中其父辈是白痴或健全人的天才们的研究，都支持这样一种观点，即所有的新生儿都是在条件具备时便可出生，无论是在旷野里，还是在低垂的幢帐下，均无差别。从他们开始呼吸的那一刻起，他们都具有接受这两种感觉的等同的天生的能力，而没有任何倾向性。

如果事情确实如此，那么，倾向于这两种感觉中的一种，并使一些人对生活的看法中的一种色彩成为主导性的，就是那些与儿童们生长于其中的环境相联的因素吗？我们不否认这一点。从我们出生的那一时刻、或即将出生之前的那一时刻起，控制我们的成长过程的压倒性的条件，即已将其印章永远地印在我们的本性上了。

但那并不意味着遗传因素与一个男人或一个女人的成长无关，而只是说，这些遗传因素，没有超越天性到达性格的范畴。对其真相，古人们并非不知。艾布·奥培德[①]就讲述过这样一件事：

阿米尔·本·绥阿绥阿人中的一个男子娶了本族中的一个女子。婚后妻子怀孕时，他便远离家门。待他返回时，儿子已经出生。当他看见儿子的皮肤颜色发红透白时，顿时火冒三丈，把妻子叫了过来，拔出剑喃道：

不要梳理我的头发，
给我爱的抚摸，
小心我身旁闪光的利剑。
快过来，告诉我那人是谁，
儿子为什么肤色呈红，像个杂种？

① 艾布·奥培德，伊斯兰初期的军事将领。

与我们黑色相异截然?

听了他的话，妻子答道：

我有皮肤白皙的先辈，
人人豪爽、个个勇敢。
如果他们记录下荣耀，
在战场上与敌手战酣，
皮肤不黑，又有何相干?

从这件事中，可以看到对遗传因素的分析及遗传因素对生活的影响。

最初的感受

婴儿自出生后的最初几周开始，便能依其健康状况，做出明显的表示：时而高兴，时而不悦。即对于伤害他的一切表现出不悦，对于使他感觉舒服的表示出高兴。然后，这种不满或高兴的表征的面貌开始逐渐变得清晰。再过一段时间后，这种面貌似乎趋于固定成形了。从其表面现象看来，最初的不愉快，总是来自怕、恐惧的感觉。逐渐地，从恐惧感之中，又生长出厌恶，或愤怒，或妒忌，或高傲之感。而高兴，从其表面现象来看，也只是一种安心之感。进而又生出了倾向，或满意，或同情，或谦虚。

那么，这是否意味着，对于幼儿来说，是他的恐惧当其受到某种震动之时，他对生活产生的第一种消极的感觉使他产生了不满？如果事情是这样的，我们便可以看到，当他碰到了讨厌之事，便会感觉到厌恶。如果他不能实现己欲，便产生愤怒。如果他的弱点被触及，便会产生妒忌。到最后，当他对不如自己的人心怀不满，便要产生高傲自大。所有这些感觉，或集中在一起，或是单独存在，都使他产生不满。

从相反的一面积极方面来看，幼儿产生心安之感时，我们便会自然地看到高兴之感的产生了。当他被自己所欲之事吸引时，便会产生倾向性。当他感觉到自己的能力被证实时，他便愉悦。当他感受到优越，并对某人亲近时，便会产生同情。最终，当他对弱于自己的人宽厚相待时，便会产生谦虚。所有这些感觉，或集中在一起，或是单独为之，都使他产生高兴的情绪。

现在，让我们再回到我们定义的范围之内，以不使读者对我们所描绘的任何形象产生误解，而堕入混乱之中。我们已经看到，所有人的精神，从其诞生的第一时刻起，均具有接受这些感觉消极的和积极的感觉——的同等能力。这些感觉在其最开始时，即在社会尚未交织于其中，未在生活之中增加其复杂性之前，其意义如下：

恐惧——幼儿的地位受到震动时的感觉。

厌恶——上述感觉产生之后，他拒绝自己所讨厌之物时的感觉。

愤怒——其后，当他实现目标的路被阻断时的感觉。

嫉妒——愤怒之后，当他的软弱被触及时产生的感觉。

高傲自大——对不如自己的人厌烦时产生的感觉。

以上均是消极方面的。而在与之相对的积极方面，情况如下：

安心——幼儿的地位安全时的感觉。

倾向——当他被自己所喜爱的事物吸引时产生的感觉。

满意——自己的能力得到证实时的感觉。

同情——当他心感优越，并对某人亲近时产生的感觉。

谦虚——最后，对弱于自己的人能宽厚相待、敞开心扉时产生的感觉。

我认为，对于成年人来说，这种情况不会有很大的区别，差异只在于程度，而不在本质方面。而这种差异，只是在各种利益和情况交错、社会使其变得复杂时才会出现。

在此，让我们看看纳比厄[①]的诗句：

且慢！
所有的人为你把生命奉献，
最贵重的莫过于子嗣和财产。
不要把我置于寂寞的角落，
即使众多的敌手将你追赶。
以我扑伏在其脚下的安拉起誓，
以在石板上被杀的牺牲起誓，
你带来的一切
我未说过损伤之言，
也未举起过手中的皮鞭。

这段话背后所有的，不只是恐惧的感觉吗？

下面，是纳比厄的另一段诗行：

放开我，
你这稻草人模样的东西，

① 纳比厄，著名的阿拉伯蒙昧时期诗人。

让我去向那遥远的地方。
你已用你的脸孔将我虐待，
与你的相聚，
如那探针难为的脓疮。
秃下巴，大鼻子，
额头如验钱的麻栗木板一样。
她使我的夜难熬漫长，
禁不住大声叫嚷：
啊，快让白昼照亮。

你感觉到诗人心中厌恶的程度了吗？

下面是阿穆鲁·本·库勒苏姆[①]悬诗中的一段：

阿穆鲁·本·杏德，
什么在驱使你，
视我们为下贱？
你凭什么鄙视我们，
听信诽谤者的中伤与馋言？
收起威胁和恫吓吧！
我们何时是你母亲的仆从，
表现出一副卑膝奴颜？

这里，你可看到，那愤怒是如何使他怒火万丈？

① 阿穆鲁·本·库勒苏姆，蒙昧时代诗人。

艾布·祖沃依布[①]在他的诗中说：

哈里德了解了我的秘密，
她却忍意行事，夜夜如一。
当青年们向哈里德攻击，
他依旧恋着她的放荡与艳美。
在我面前
他把头扭转，放弃了友谊。
他来到我们这里，
为把那风流少妇寻觅。
由于她把风情卖弄，
他才把她恋依。
她那双眼睛，
只把倒塌的人们留意。

你有没有看到，是妒嫉在驱使他写出了这样的诗行吗？而穆罕默德·本·法德勒在染上痛风病时则说：

我对安拉诉说
那散布在脚趾间的苦痛。
仿佛我没有用这些脚趾
去践踏嫉妒者的心肝，
而我的病痛竟使嫉妒者高兴。

① 艾布·祖沃依布（？–648），蒙昧时期诗人。伊斯兰教先知穆罕默德归真时，皈依了伊斯兰教。

你可看到，就是在此患病的情况下，他也没有放弃自己的高傲自大！

在有关积极的感受方面，我们可以看到吉利莱·宾特·穆拉[1]在自己的诗行中表达的感情：

啊，堂妹，如果你责骂，
请不要着急，你要弄清，
谁应受谴责，
到那时再把言发。
如果一个男子的姐妹，
因对他的怜悯受谴责，
那你就冲我来吧。
我认为吉萨斯的行为伟大！
那已逝的和正在消逝的一切，
该是多么可惜呀！

在她的这些话中，你没有感觉到一颗高尚之心的谦虚吗？下面是穆因·本·奥斯的一段诗：

我以我的宽容，
消除了我亲戚的仇恨。
他心中原没有宽容之情，

① 吉利莱·宾特·穆拉，蒙昧时期地位显赫的女诗人。她的兄弟吉萨斯把她的丈夫杀死后，她回到了自己族人处。

如果我以亲情相待，
他却与我疏远，粗暴而愚蠢，不求别物，只要我服从，
强制态度如死亡来临。
但我对他一片温情，
如同热爱孩子的母亲，
以消除他心中的仇恨。
那仇恨终于消融，
尽管他是个痛下决心
亦难以消除仇恨的人。

在这些话中，你感觉到了怜悯之情了吗？

下面是阿穆鲁·本·穆伊德·耶克来布的诗行：

正当我快速奔跑、躲避死亡，我的双脚却与她相依相傍。
当死亡的呼叫在心中震响，
我仍紧随着她的身旁。
是天性让我如此作为，
我确实堪得人们的赞赏。

请看，他这种洋洋自得的满意之情，该是达到了如何令人嫉妒的程度？

纳西布在他的诗中说：

如果人们未对我说：

返老还童吧，纳西布！
我则要说：
我还是稚子幼童。
我把欺凌埋在心中，
如果我被冤枉，
也不思报复逞凶。

看，他这些话中，是如何流露着同情！

现在，再来看看米斯金·达米尔的诗句：

我与邻居同燃一处火，
命运在降临我之前，
先从他那里经过。
邻居的家无帐无帘，
这对他绝无灾祸。
一旦女邻出现，
我便如盲人一个，
直至她隐身于闺阁。

这里，他那种心安之感，有可能被遮障吗？

你可以看到，这些成人们的感受与孩子们的那些感受全然无异，只是社会使不悦之情和愉悦之感具有的复杂性，将这两种情况分离开来，如果我们不去考虑条件，仅依其最简单的形象来探讨这些感受，那么，我们的目的只是阐明。同样，如果不是担心对某些现代诗人的诗句进行错误的解释，我们同样是可以引证他们的诗句的。至于那些使这种最原始的感受复杂化的社会环境，我们将在诸如对一个顺从、或反抗社会制度的人的研究时去谈论。

深深的痕印

这里，提问者要说：如果我们前面所说的是正确的，那么，我要再一次询问，这是否意味着：一个孩子，在成长之初时，对恐惧、厌恶、愤怒、嫉妒、自大的感觉的接受能力，并不少于他对安心、同情、高兴、怜悯、谦虚等积极的感觉的接受能力呢？而他的这种接受能力，已成为其在生活的战场中进行自我——即文字所表示出的“我”——保护的武器呢？

我们拿取了持有这种意见的人们的下列看法：如果一个孩子健康成长，他的生活环境没有让他那幼嫩的心灵一次又一次地面对这种或那种影响他心理平衡，并随着日月的推移，在他的心灵上留下了不可磨灭的深深的痕印、震动着他的存在的感觉，那么，他就会成长为一个在一切事物中，都具有适度公正态度的公正的人。

但是，如果他在成长之初时，就碰到了一个不和谐的环境，使他经常面对那些残酷的事件，那么，他就会成为一个已经失去了平衡的人，心灵受到创伤，包藏着一些终生不离开他的心理的结——变态心理，阻障他向安定迈出的每一个步伐。因为在这种情况下，当他面对每一个震动他的事件时，他的感受只是在他孩提时代就已控制了他的那种感觉。在他最初成长的环境里，他的这种感觉——如恐惧——即反复产生，消灭了他原本会接受其他感觉的能力，从而使这个可怜的人，这个没有联想的人，每每遭逢到灾难和不幸的事件时，只能按儿时就已留下的痕印去行事。

如果科学家们在他们的实验室里，已将这一理论简单化了，我们便无须在我们这活的文学中对这一切进行研究了。

男女之间

关于这些感觉，有一个方面我们尚未对之进行分析。现在，让我们来进行解释。

在各种感觉之中，必然有一些是男子所特有的，或在大多数情况下，是男子所特有的，而不是女子所感受到的。而另外一些，则恰恰相反。那么，这是否意味着，男女两性在生活中不是平等的？或是说，有一些感觉，不是男女两性可共同感受到的呢？

这两种说法都不对。事实正如这些学者们所认为的，男女两性之间，并没有一道分水岭，使女子成为老百姓所说的百分之百的女性，而男子则是百分之百的男性。所以，当我们研究这一问题的真相时，如果不是因为男女重视生活的方式存在区别的话，我们可能接受了所谓的一些感受只是男子的或女子专有的这一说法。

现在，就让我们从头说起，从消极方面的感觉——恐惧、厌恶、愤怒、嫉妒和高傲自大来看。

在上述那些学者们看来，恐惧是女性的感觉。同样，厌恶的感觉以及一切源于恐惧和厌恶的变态心理，也都是女性的感觉。另一方面，高傲自大是男性的感觉，嫉妒及一切由于高傲自大与嫉妒而产生的心理变态，亦都是男性的感觉。而愤怒则是两性共有的。

在那些积极方面的感觉——谦虚、怜悯、满意、同情和心安中，我们可以看到，在我们这条研究之线的线头处，谦虚是女性的感觉，怜悯也是女性的感觉，以及由此而产生的一切心理变态，都是女性的感觉。而心安则是男性的感觉，同情及源于心安和同情的一切心理变态，都是男性特有的。剩下的感觉，则是男女两性共有之的感觉。

在他们看来，这并不意味着女子不能与男子共有这种特点，或男子不能与女子共有那种特点。如果他们共有了某种特点，那么，他们就超出了推动两性发展的本性的界线。如果一个女子过分地超越了自己的女性，就成为了男性化的女子。同样，如果一个男子极度地超越了自己的本性，就变成了女人气的男子。在那种受到经济骤变威胁的社会中，他们能有意地，或无从选择地这样做。

我认为，古人们对这种情况是了解的。据载，萨利赫·本·哈萨努对他的诗友们说：

“你们可知道，纳比厄是个女性十足的人？”

“你怎么知道的？”大家问。

他说：“是从他这几句诗中看出的：

面纱滑落，

并非她的愿望。
于是，她伸手接住，
把我们小心提防。”

以安拉起誓，他只知道那是女性化的标志！

现在，让我们再来看看前面已提到过的穆因的一句诗，以使你了解促使他说出这种话的感情的真相：

但我对他一片温情，
如同热爱孩子的母亲
……

这就是以自己的宽容打比方的穆因·本·奥斯。从这方面来看，我们可以接受他们的意见，即只是在这个基础上，一些感受是女性的，另一些感受是男性的。

对此问题展开来的研究，我们将在其他地方进行。

变态心理

在关于心理对这些感情的接受能力的谈论中，我们已经提到了变态心理。那么，这些变态心理究竟是什么？又是如何产生的？他们中有的人认为，如果我们仔细观察生活的诸种事物，便会发现，对这些变态心理的解释十分简单。同样，如果人能够找到通往任何一个真理的大门的道路，那么，此真理亦十分简单。尽管变态心理在每一个人的独立存在中的作用十分复杂，但它本身却是十分简单的。因为它在个人的生活中，消灭一切平衡。下面，我们就来介绍一下这些人的具体说法。

如果我们抓住了此问题之线的线头，我们就会看到：

* 恐惧与厌恶相伴，随着时间的推移，便会由此产生出自卑。与愤怒相伴，便会产生复仇、报复之心。与嫉妒相伴，便会产生背弃与虚伪。与高傲自大相伴，便会产生高傲。

你看，所有这些变态心理，都是与它的同伴一起，自然地、本能地产生。有时，甚至将人带到了疯狂的边缘。

* 厌恶与愤怒相伴，便会产生专横、暴虐。与嫉妒相伴，便会产生仇恨。与自大相伴，便会产生憎恶、恶心之感。

请看，这一切是如何使其主人成为社会的头号敌人，只有伤害这一社会，他才会感到心安。

* 当愤怒与嫉妒相伴，便会产生憎恨。与自大相伴，便会产生鄙视。

你可以看到，这两种感觉，该如何使其主人的人际关系恶劣，使他的亲人和朋友憎恨他。

* 嫉妒与自负相伴，随着时间的推移，便会产生嘲讽。

这样，此人便总是贬低其他的人，使之与自己心中的不足之处等同。也就是说，他要靠别人而生。

这些都是消极方面的。正如你所看到的，尽管这一切都导致不悦，但是，恐惧却是最复杂的。

对于制造心理和谐的积极感受方面，他们是这样看的：

* 安心与同情相伴长久，便会产生自尊。与满意相伴，便会产生高兴。与怜悯相伴，便会产生忠诚。与谦虚相伴，便会产生宽容。

你可以看到，这一切是如何使其主人成为一个行为理智、英明的人。

* 同情与满意相伴，便会产生公正。与怜悯相伴，便会产生仁慈。与谦虚相伴，便会产生和颜悦色。

你看，这一切又是如何使其主人成为社会第一人，不断努力提高社会的水平。

* 满意与怜悯相伴，便会产生友好之情。与谦虚相伴，便会产生关怀。

你看，这两种感觉是如何使其主人成为人们所欢迎的人。

* 怜悯与谦虚相伴，久而久之，便会产生尊重之情。

那么，其主人在使别人幸福方面，肯定是大方慷慨的了。其实，这些并非变态心理，但实际上，我们已同这些学者们一起，把这些情况视为“变态”了。若与第一种情况相比，这些在最终的形象上是不同的。但是，在如何形成方面，却十分相似。这里，我们看到，诸种由于心安而产生的情况，是最典型的和谐。当然，这些都导致喜悦。

在这一类的研究中，最重要的是，我们从我们的诗人那里，找到了心理变态的证据，无论是消极的，还是积极的，都能找到。如果我们在此引用一部分，可能不会偏离我们的题目。任何人都不能说自己不会有这些变态心理，因为正直与偏斜之间的界限十分细微，几乎不能被感觉到。同样，他们认为，理智与疯狂之间的界限亦是如此。那么，莫非天才只是怪异、不正常中的一种？

请看哈里迪的诗：

她对女邻讲话，
我听后用泪水作答。
她说“当初，他的年轻不曾对我有益，
现在为何染黑白发劳累自己？”

这些诗句所证明的，只是自我欠缺的感觉。这种感觉是心中的恐惧与厌恶结合的情况下产生的。不管这种感觉产生的原因合理或不合理，有这种感觉的人表达这种感觉的方法多是流泪。

下面是代阿白勒·胡扎伊抗拒麦蒙[①]时吟的诗：

他们的刀剑杀死了你的兄弟，
我就是他们中的一个，
是他们使人荣登宝座，
在你久无声息之后，
把你的名字赞扬传布，
使你把低洼之境摆脱。

这些诗行中间流溢出的仇恨会震动你的心。据说，这些诗传到了麦蒙耳中。但是，他只说了一句话：

“代阿白勒真无耻！我何时是无声无息？我是在哈里发的家中长大的。”

对于这些诗句的解释只能是：在一个愤怒、不安的流浪诗人的心中，恐惧与对社会的愤怒相结为伴了。

下面是艾布·努瓦斯[②]的诗句：

你使我沐浴着幸福，
可我的感谢却轻微孱弱。
不要再把恩惠施加于我，
让我尽谢以往的恩德。

---

① 麦蒙(786年—833年)，阿巴斯时代强有力的哈里发之一。

② 艾布·努瓦斯(762年—814年)，阿巴斯时代的诗人，特别以酒诗著名。

难道还有比这两行诗更能表白人人心中均有的虚伪之情吗？什么时候，艾布·努瓦斯或是其他的人，为了对以前接受的恩惠表示感谢会犹豫不决地面对新的恩惠？或者干脆拒绝，以表尽其全部的谢意？但是，他心中与嫉妒相结伴的恐惧却使他说出了这种虚伪的话。这正如艾阿比吹捧阿卡杜·买立克一样。他说：

我们走遍了祖国大地，
只见到你才是慷慨之士。
请忍耐我们这已成的习俗，
否则，请指教我们，该去向何处。

他也是出于同样的原因，而说了违心的话。

下面是另一位诗人的话：

我在世上所有的人和精灵面前自豪，
若未见人迹，便在自己面前自豪。
我自豪，甚至不知自我，
只把人们对于我和我的同类的评论知晓。
如果他们相信我是和他们一样的人，
那么，我是人中的一个有何不好。

你立刻就能从这些诗中看到，使诗人如此愚蠢的，不是别的，正是那种妄自尊大的感觉。我们已经看清，当心中的恐惧与自负相伴时，这种心理变态是如何产生的。我们已经谈过了因自身在某方面的欠缺而产生的心理变态。而恐惧，正如你所看到的，是这两种变态的共同因素。

下面是基斯·本·拉法伊的诗句：

我高声向你们警告，
免得被指责没有禁止和警告。
今天，如果你们违背我的话语，
你们将把奇耻大辱逢遭，
诅咒之言定将射出，
向留居人和夜行者身上掷抛。
谁心中有事对我相求，
我定以好心实现他的需要。
他有错误，我去斧正，
如安拉纠正拙见歪道。
仇恨我的人终生不能得逞，
我的箭矢永中目标。

这里，除了暴虐，你还能看到什么呢？这些话难道没有使你记起宰雅德·白特拉的讲演吗？这两者的成因几乎是一个。那么，这种霸道的感觉难道不是那狭小的心胸中，厌恶与愤怒相伴的结果吗？

下面的这段诗，是伊本·鲁米[1]讽刺伊本·穆德比尔脸上的伤痕而吟出的：

---

① 伊本·鲁米(836年—896年)，阿巴斯时期著名的巴格达诗人。

艾布·伊斯哈格脸上有个伤痕，

一个故事在其间隐藏。

他说那是和黑人厮杀时，

他们的剑在他脸上留下的印记。

实际上，黑人并未砍伤他的脸。

只因他去看[……]，脸上便留下伤痕。

恐怕，你还没有读完这些句子，便会感到难过。因为伊本·鲁米竟因为心中的仇恨而低俗到如此程度。而产生这种仇恨的原因，是心中的厌恶与嫉妒相结合了。

吉哈札在谈到有口臭的人时，说：

他在我面前呼吸，

我几乎死去。

待他转过身去，

我才免于窒息。

我的伙伴，

以你们的主起誓，

那臭气熏得我，

竟使我误认为

自己[……]

这位诗人讨厌与他谈话的人身上的气息。那么，你看到比这更尖刻、更强烈的表示厌恶的句子了吗？你不要认为他是在夸大其辞。在生活中，确实有人的口臭达到了这种程度，这一点，牙科医生是了解的。在广大的生活领域中，这种心理的产生，是由于心中的厌恶与高傲自负相结合。

下面，让我们来看看侯塔埃[①]是如何来讽刺自己的母亲的：

快离开，远离我而坐，
愿安拉使世界的人将你摆脱。
我难道未对你表明我对你的厌恶？
你却不明不悟。
面对别人相告的秘密，
你像只筛子完全泄露；
对待与你谈话的人们，
你又如灼人的火炉。
老太婆，愿安拉使你遭难，
让你的子孙全都不孝、违忤。

难道不应该说，这是一种肮脏的嘲讽吗？这里，侯塔埃对其母亲的厌恶已经超过了界限。而这种感情的产生，正是他心中的愤怒与嫉妒相结合的结果。《诗歌集成》一书中是这样说的：

“……他（侯塔埃）当时求各个阿拉伯部落保护。当他对

---

① 侯塔埃（卒于650年左右），是蒙昧时期末和伊斯兰初期之间的跨时代诗人。以颂诗和嘲讽诗著称。其嘲讽对象遍及一切，甚至包括自己。

一个部落生气时，便把自己归属到另一个部落……”

也许，这可以解释他的这种感情了。

下面，是另一位诗人的句子：

如果一个哈希姆人让我遭受灾难，
他的舅舅属于阿布杜·买达尼家族，
那么，我对此甘心忍受，
可现在，请来看看，
是谁让我把灾难遭受！

这种鄙视的感情几乎传染给你了。正如前面所述，这种感觉的来源，就是心中的愤怒与自负相结合的结果。

现在，来听听吉利尔[①]的诗句：

法拉兹达格说，
他将要杀死买尔白阿。
可是，买尔白阿啊，
你长寿平安的喜讯却向我送来。

诗人如此成功地表达出了他对敌手的感情，实在令人佩服。正如我们前面所分析的，嘲笑总是源于心中的嫉妒与自傲的结合。

这一切例证如果能说明什么，那么，它使描绘出在生活

① 吉利尔(640—728)，倭玛亚时期的诗人。他的政冶讽刺诗的对手是法拉兹达格。

面前产生了消极感觉的诗人们的形象。而他生活于其间、在其人们之间辗转的不和谐的社会，又使这些消极感觉复杂化。随着时间的推移，这一切都变成了悲观和沮丧。如果在引用的诗行里，有一些很不中听的内容，那么，我们要说，所以引用之，是因为它代表了那些反应我们恰要对之进行认真分析的感觉中的粗鲁、干瘪。真理是不会害羞的。

如果，类似这种变态心理——而不是仿效这种变态心理——的情感变化到积极方面，使诗人产生另一种态度，跟沮丧没有任何关系，那么，就会使诗人变得高兴、安心。

下面是舍里夫·里达[1]在穆格台迪尔[2]面前吟诵的诗句：

> 请怜爱吧，穆民的领袖，
> 我们同受天堂之树的荫庇。
> 彼此没有任何差异。
> 光耀之日，
> 我们没有巨细区别，
> 我们都有高贵的根基。
> 哈里发职位，
> 使你颇享特异。
> 我位居王位，
> 你却是皇冠闪熠。

这里所表现出的是一种自尊，而诗人确实应有这种自尊。

---

① 舍里夫·里达(970—1016)，阿巴斯时期诗人。
② 穆格台迪尔，阿巴斯哈里发。

我们已经说过，这种感觉产生于心中的安稳与怜爱。而他在诗的开头，用“怜爱”一词替代古人惯用的“且慢”或“宽厚吧”等词，便是不能遮障聪明人耳目的证明。

韦拉黛·宾特·穆斯台克菲[①]说：

以安拉起誓，我只对高贵的人适
宜，我行我素，无比自傲。
我让情人把嘴唇亲吻，
把热吻向垂涎的人儿送交。

你不要认为这位女诗人放荡不轨。她与放荡毫无干系。她所以这样说，只是表示自己心中的高兴。实际上，正是由于这种感觉的存在，一个人——男人或女人——便可摆脱任何约束。而这种感觉正是心安与满意结合的结果。但是，这种结合只能在其是男性特有的感觉时才能产生，尽管人可能是女性的。对这一点的解释，将在本书另外的地方进行。

伊斯兰初期，诗人绥迪格说：

对于友好的人，我奉上忠告，
他能倾听我的指教。
当他举事不义，我断然喝止，
对他说：我把骇人听闻的事看到。
面对险情，我全力将他指正，
他若拒绝，

① 韦拉黛·宾特·穆斯台克菲，安达鲁西亚女诗人。

我便与他共赴灾难之道。

还有比这更忠诚的友谊吗？如此忠诚的感情——在他心中或在别人的心中——来源于心中的心安与怜悯的结合。

阿布杜·阿齐兹·本·祖扎尔在诗中说：

我是你知晓的人们中的一个，
你却不知我的血统高贵如何。
我慷慨无比，
从不偷食干粮让人谴责。
我是最勇敢的人儿，
把应诛杀者的脖颈一一砍断。

你几乎可以感觉到驱使他说出这番话的豪爽之情。在这方面，你将会看到更有力的证据。豪爽与宽厚，源于心中的心安与谦虚的结合。

艾布·阿尔沃[1]说：

尽管我的堂兄弟愤怒发火，
我仍紧随其后，为其争夺。
尽管他摇摆于天地之间，变得软弱，
我也把赞助准备稳妥。
当我知道了他的秘密，
我总为之永远保守，

---

① 艾布·阿尔沃，蒙昧时期诗人。

直到他把心中的意愿，
彻底实现，有所依托。
如果灾难把他的牲畜卷走，
我将把自己的好驼
与他那生疮的牲畜同牧。
如果他要我与他共乘艰难之舟，
我将为他掌舵。
如果我找到了美丽的外衣，
我无心装扮，但希望他将其穿着。

面对这样的诗句，你难道没有像诗人一样感受到公正的精神吗？乃都尔·本·舍米勒[1]曾将其做为古阿拉伯人写出的最公正的诗行，念给麦蒙听。诗人本身是心甘情愿地接受公正的。而这种公正的感觉，只能来源于心中的怜爱与心甘情愿的结果。

下面是乌米叶·本·艾比·绥来特对他那忤逆不孝的儿子说的话：

从小我就把你抚养，
使你轻易地获得一切福安。
如果你深夜痛苦无眠，
我则因你的不幸辗转。
仿佛我是被折磨的人，
而不是你泪水涟涟。

① 乃都尔·本·舍米勒，阿巴斯时期的阿拉伯文人。

只怕死亡向你降临，
而你要知道：
死亡是被延迟的必然。
当你长大，目的实现，
达到了我对你的希望，
可我从你处得到的报应，却只是残暴与冷淡，
仿佛是你把恩德施舍展现。

仔细品评一下这位诗人表现出的慈爱吧。不论是要求，还是埋怨，那慈爱均在其每个字的中间。正如有诗所说：

如果没有埋怨，
就没有友爱。
埋怨不会长存，
友谊却永在。

这就是上面那些诗句所欲表达的思想。毋庸置疑，慈爱源于心中的同情与怜悯的感觉的结合。

下面是慷慨的蒙昧诗人乃都尔·本·讨来布的诗句：

这些年轻人的面孔，
像刀剑般熠熠闪光；
从不吝啬，更不计较，
时时慷慨大方。
寒冬来临，

他们的胸怀宽广
尽管预示下雨的星辰没有显现，
他们都把甘露落降。
他们并不求人款待，
若有人高喊：住下吧，
他们便落脚此方。
他们并不嫌弃苦树皮熬的水，
照旧大口饮畅。
那些奴隶和被解放的奴仆，
已经向我们送上。

这位慷慨的蒙昧时代的诗人皈依了伊斯兰教。他和蔼可亲。在他同时代的诗人们中间你很少能看到充溢于这些诗行中的这种精神。这种欢喜之情只能源于心中的同情与谦虚的结合。而在那种粗暴与冷漠是人性格中的主要特点的蒙昧时代里，这种精神更是难能可贵的了。

下面是一位高尚的妻子对丈夫说的话：

尽量听我的劝告吧，
只要我还活着。
友情像雨后的水一样清澈。
我活着，你是我最后的所有，
我死后，你又是我第一所得。

你看到了这些诗句之间的友爱之情了吗？如果愿意，可以用现代的语言说，这是一种没有掺进利己主义的爱情，它是心中的满意之情与怜悯相结合的结果。在绝大部分情况下，你只能在妇女们那里看到这种感情。

下面的诗行，是穆因·本·奥斯对他离异的妻子的兄弟讲的话。这位兄弟是他的朋友。他说：

以你的生命起誓，
我不知道，我已恐惧，
不知死亡先把我们谁选取。
我是你永远的朋友，
从未有过叛逆。
我继续同你的敌手鏖战，
即使他将你击败或你已远离。
如果你被惩罚，
我为你把钱财集聚。
如果有一天你恶意对我，
次日我就宽恕你，
等你第二天的友谊。
我毫无怀疑，
你伤害了我，将我激怒，
仿佛你的病已经痊愈。
如果你与我断绝友谊，
那么，你便断掉尘世生活中的右臂。
请你看看，
可有什么代替。

你在哪里能看到穆因这种关心他人的感情呢？而这种感情又是谦虚与满足相结合的产物。也许你看到穆因在这段诗中的感觉与乌米叶那一段诗中的感觉有相似之处。而这感觉之因，是担心死亡降临于他的朋友身上的不安。但是，他却没有因为同样的命运会降临到自己身上而不安，其原因是出于对同伴的怜悯。他是十分心安地展望这种埋怨的结果的，所以，他是这样结束他这一段诗的：

如果有什么，我的心不再与之面对，
而是与之远离，
那么，今生今世，
不会再将其求乞。

这最后几行，显露出了威胁的火药味。

最后，让我们来看看吉米勒·本·姆阿买尔[1]的诗句：

布赛依娜的一切我均满意，
即使那行为若被馋言者看见，
必定发生桩桩灾难。
我满意，哪怕她说“不”，“我不能”，
或是带来希望一线，
——那希望者的希望已断，

① 吉米勒·本？姆阿买尔（卒于701年），希贾兹地区诗人，以对布赛依娜的爱情诗闻名。

或是一瞥于匆匆之间。
从年初到年末，又是一年，
我们从未单独相见。

这些诗句中，你感觉到了强烈的“爱他”的气息吗？毫不奇怪，正如我们已经阐明的，他这种精神是心中的怜悯与谦虚结合的结果。而这种结合，只能在具有女性感觉的人那里出现，即使不是女性本身。对此，我们还将进行研究。

尽管社会使其中的人的感觉出现各种变态和复杂化，但是这些例证都描绘了面对生活的诗人产生的使其心中产生和谐的积极的感觉。这里——与前一种情况相反——随着日月的前进，总是导致乐观与高兴。

亲爱的读者，在这所有的诗行中，我们特别注意将你的手放到那些从幕后发挥作用的内在的、隐蔽的动力之上，从而使这些人或那些人说出他们的话，描绘出他们对生活的看法的形象。其中的一些，如果不是生活中的实际事物，敏感的心也不会将其认为是丑陋的。

我们对生活的态度

社会中的个人

一个人基于对生活的态度，面对各种社会纽带将他与之联系起来的人们，或者奉行自我封闭的本位主义，或者是超越自我的界限。为什么会是这样呢？一些人解释说，一个人的这种态度与其对生活的看法相反。这种态度控制他的意愿，而此意愿又控制着他的感觉。这种态度激发着他在社会中进行工作的原动力，但是，意愿却独自控制着原动力的多样化。由于本位主义（自我本位中心），这个人不了解或佯装不了解社会中的善与恶的原动力，于是，他便僵滞地、悲观地蜷缩在社会的一个角落里，没有任何行动，仿佛他的生活的全部就是等待。而如果他超出了自我的界限，他则会了解这些原动力，或是获取了这些原动力的一部分，于是，他便高兴地、乐观地去适应任何情况，以参与、加入的活动方式与一切潮流相适应，仿佛他的全部生活都是欢迎。

如果你仔细地进行了思索，便会发现，此事并不奇怪。因为这正如这些人们所说，此事是人们的各种利益相互交错、他们在烦琐呆板的生活中长期相处及互相厌恶的结果。

只要社会本身增加着每个人的感觉的复杂性，当某人是那些偏向于悲观、苦恼的人们中的一个时，便会出现这种自我封闭的本位主义。如情况相反，便会出现乐观、高兴。

当一胎儿具备了能够出生的条件而出生时，便也具有了一种天生的能力，以等同的程度去呼应恐惧及随恐惧而来的感觉，或是心安及产生心安之前的感觉，而不是接受这种感觉的能力大于接受另一种感觉的能力。这种能力在新生儿开始呼吸的那一刹那便已具备了。同样，这些新生儿出生时，在对自己的事情全然不知方面亦是完全平等的。如果没有人来帮助他们、关心他们、指导他们，他们是不会去改变或开辟生活中的道路的。而这种最早时期的指导，则依靠我们对生活的态度。

如果人们认为，使我们中间的一部分人不断向前地开辟着生活中的道路，而使另一部分人——他们可能是大多数——僵立原地、像牲畜一样不能翻身的原因，不是遗传因素，而是一种集体的感觉，那么，这些人们的看法是正确的。在第一种情况下，这种集体的感觉，产生于心中的首次恐惧，而这种恐惧又是与心中自己辗转于其间的环境一无所知结合起来的。而在第二种情况下，这种集体的感觉则是产生于心的安稳，而此时的心，是受到它从周围的环境中得到的经验的支持和帮助的。

这里，当他们谈论“知”与“不知”时，并非现代学校中的年轻人的头脑中所塞进的那些东西。在他们看来，这种“知”，只能增加年轻人的愚昧和迟笨，使他面对生活中最近的事物僵滞不动，仿佛他离生活十分遥远。仿佛他们的所指，就是下面这位颇具经验、生活未使他惶惑的诗人的所指一样。他说：

我不是那种爱打听闲事的人，
问这里怎样，
那人有什么消息。
但是我心脑健全，
对往昔过去十分清晰。

他在这里，非常强调自己的自信。

那么，这就是说，我们所讲述的通过其可以看清我们对生活的态度的这种僵化及另一种融洽，不是先天就有，而是受后天地影响了？我认为这个问题无须解释。在“不知”的情况里，这个问题是因怀疑而被提出的，它让其主人——恐惧者——在失去这种信心时去模仿，然后，对他面对的一切事物均采取歧视的态度，即与他本来所熟悉的态度相反。那是因为他怀疑一切，包括他自己。而在“知”的情况下，由于具有这种信心，那么，这种信心的力量便使其主人安心地依靠自己，独立地享有自我。然后，对于一切与他有分歧的人，便都能宽和相待。而此时，他对于自己和他们的事情又都是清清楚楚的。

综上所述，我们可以总结出：这些人们认为，在第一种情况——“不知”的情况下，由于我们不了解社会问题的复杂性，不能去面对它、解决它，所以产生了恐惧，这是我们面对生活产生的第一种消极的感觉。如果与社会联系起来，这种感觉对生活的影响最为深刻。其结果，必然导致上面提到的僵滞，然后便是本位主义。而在第二种情况——“知”的情况下，消极感觉的影响因之而消失使心理得以平衡的心安，如果与对各种社会问题、这些问题的可能性及其在社会中出现的可能性的了解相互结合起来，则必然导致上面提到的融洽，然后便是奔放的态度。

那么，在我们的文学家们的生活中，是否有什么能支持这种看法呢？

两种典型

如果我们要获得“个性”在两种自我中的突出的形象，即我称之为沮丧的自我和欢喜的自我的形象，第一种是在“不能”的情况下，后一种是在“能”的情况下，那么，就让我们来看看第一种自我的典型，为自己进行调整的艾布·哈桑·朱尔加尼的话吧！他说：

> 他们对我说“你不高兴”，
> 这时，他们看到的是，
> 一个拒绝卑贱的男子汉。
> 一个人若把他人巴结，
> 他的地位永远低贱。

心怀自尊的人，
永享高尚的尊严。
我始终拒绝卑微，
把保持自我视为战利品收揽。
如果有人对我说：“把它喝下！”
我则说：“我要看看，
我心灼热，但能忍受焦渴煎熬。”
对一些不辱心的事物我亦禁止，
恐怕“什么……为什么……”等敌人之言。
我尚未把知识学完，
每当诱人的贪欲出现，
我亦不会将其化作阶梯登攀。
并非所有划空的闪电，
都能激我快马加鞭。
我也不会把喜爱之情，
向所有遇到的人奉献。
我并未滥用知识之权为众人服务，
他们却服务于我的身边。
难道我可怜地用知识植树，
然后再去收获卑贱，
那么，无知的蠢人，
他的决心该是最坚。

这是一个在生活中接受“朱尔加尼式判决”的人。和他交往的人们在他身上看到了他自己承认的沮丧。他在与人们相处时，看到的只是耻辱，认为心的自尊，便是远离人们，轻视人们。认为能自我保护，免遭卑贱，这就是收获，而不需要依靠与人们的良好交往、相处去获得赞誉。因此，他即使是碰到了可以喝的水，也要进行选择，忍住焦渴。为了不让人们说三道四，连那些并不会玷辱自己的心的事情也不去做……对于他来说，知识的一个权利是，当有引起贪欲的事物出现时，不要将其作为攀登的阶梯，而要保持清高与自傲。他鄙弃普通百姓向他伸手，他的生活目标，是要众人为他服务，而他却不为大家服务。这样，当生活给他带来痛苦的现实时，他便会面对他昔日的辛劳和煎熬度过的夜晚，从内心深处发出痛苦的叫喊。

在他这危险的自我承认之后，你难道没有和我一起看到他那隐蔽着的感情吗？首先是恐惧，然后是对人们的厌恶，对自身无能的愤怒，对人们手中所拥有的一切的嫉妒，然后是麻痹着他、使他不能活动的高傲吗？这一切聚合在一起，使他产生了悲观情绪，创造了他的驱向于沮丧的自我。

毫无疑问，促使他吟诵出这些诗句的时刻，肯定是黑暗的。

现在，让我们来看看阿布杜·阿齐兹·本·鲁扎来[①]关于自己的诗句。他是第二种自我的最佳典型。他说：

在这世界上我生活了很久，
走过无数坦途和艰险之路。

① 阿布杜·阿齐兹·本·鲁扎来，倭玛亚时期的战将与诗人。

事情未发生之前，
不会淤积我的心头。
一旦出现发生，
我不会束手无策、肉惊心怵，
幸福不会使我得意忘形，
我永不会心烦地把某人敬重。

阿布杜·阿齐兹是穆阿维叶[①]时代的一名勇敢的将领，在君士坦丁堡的一次战役中战死。当他战死的消息传到穆阿维叶耳中时，穆阿维叶慨叹道“他死去了。以安拉起誓，他是阿拉伯人中最英勇的青年”，从这句话中，可以看到他当时是如何地陪伴过穆阿维叶的。他的这些诗句表明，他从未让恐惧在自己的心里找到过道路。这是一个方面，另一方面，当事处危急关头，他决不贸然，而是忍耐、宽厚。当幸福来临，他亦不会得意忘形，也不会为幸福长在，而对人畏惧，求人怜悯。这是第三个方面。如果一个人的心中没有恐惧、愤怒和自傲，那么，在他漫长的人生路上，都会像我们这位诗人一样，永远心情舒畅，而不会产生任何如绊脚石一样障碍着他的生活之途的心理变态。

这位阿拉伯战将表露内心真相的时刻，该是多么幸福啊！

① 穆阿维叶，穆阿维叶 (661 年—680 年在位)，倭玛亚王朝的创建人。

怀疑与确信之间

那么，上面这些是否意味着，在悲观的情况下，在我们社会生活中，当恐惧与愚昧联结在一起时，就要产生怀疑？而愚昧与依靠他人联结起来时，便要产生盲目的信任？当依靠他人与恐惧联结起来时，便要产生追随？

这种情况往往出现在儿童成长的最初阶段。这是一个等边三角形。只有在个人的生活中出现了自我本位的因素，在人们之中处于孤独的状况之下，你才进入了这个三角形之中。如果这是正确的，那么，在乐观的情况下，事情就一定相反。在我们的社会生活中，如果心安与“知”联结起来，便会产生确信；知与依靠自己结合起来，便会产生宽容；依靠自己和心安联结起来，便会产生独立。可能，这就是那些个性完整的人，甚至是小孩子的最终的情形。这是一个等边三角形，像第一个等边三角形一样。但是，你从这个三角形的各个方面，都能看到个人生活中的前进与民族间和谐的因素。

这里，我很高兴引用一些诗人们在我们所说的情况下吟出的诗句。首先是艾布·阿塔希叶[①]在战胜了心中的怀疑时吟出的诗句：

风儿吹拂着我的身体，
能从你的双手间嗅到它的气息。
也许我先失望，然后说：不，

① 艾布·阿塔希叶(748 年—826 年)，阿巴斯时期的诗人。

高尚的人确保胜利。

这是一个不知所措的人。这种情绪的产生的原因，就是他心中的社会性的恐惧及心对命运的未知。下面是伊本·姆阿萨勒以比较平稳的口气和确信吟出的诗句：

乌姆·阿姆鲁把我们看见，
她轻视我们那仓皇之态，
从战争中逃窜。
如果有那样一天，
你未把两块火石去打，
如何知晓哪块有火花飞溅。
请向人们把我问询，
你将得知我的传闻。
当安乐富足在我身边，
我欢愉、慷慨，形象灿烂。
当刀剑向英雄们挥砍，
我就如雄狮酣战。
请给我慷慨与力量之步
我具备豁达的宽容与勇敢！

对此的解释,难道不是他心中的“知”与安心的结合吗？从上面两段诗中，我们能清楚地看到分别存在于这两颗心中的怀疑和确信之情。

现在，我们再来看看艾布·阿塔希叶的另一段诗。我认为他在这一段中表达了他对人们进行追随的结果：

你把我对你的赞扬说成谎言，
使我在人前只有羞颜。
因此，当人们问：他没赏你钱?
我只有低头，一副难堪。

这是一种盲目的屈从。它的产生不是心中的社会型的恐惧与对他人的依赖的结合吗?

当基斯·本·阿绥姆①得到儿子的死讯后，他宽恕了已被俘虏的凶手——他的侄子，并吟出了下面的诗句。这些诗句可以让你看到一颗独立的心的状况：

我是一个高贵的男子，
身上不染尘埃，没有臭气发散。
我出生于“敏格尔”的高贵之家，
如同细枝生于粗干。
他们启口说话便是讲演，
他们慷慨，伟大，能言善辩，
他们无意揭示邻人的缺点，
只将他们的秘密保全。

对此的解释，难道不是他对自己的依靠与心安相结合的结果吗?

① 基斯·本·阿绥姆，蒙昧时期的阿拉伯诗人。

我们可以从在这两种心态之下写出的两种诗行中，看到追随他们和自我独立的过程。

下面是伊卡拉辛·乃斯维的诗行，描述一些人的偏执与顽固达到了何种程度。

如果有消息说：
台米姆人全部死亡，
人们肯定会说，
此话纯属虚枉。
如用新布补缀烂衫，
人们依然明了，
这是补过的衣裳。

这是一种被颠倒的逻辑，其产生的根源难道不是他心中的无知与他对别人意见的依赖相结合的产物吗？

现在，让我们来看看，当别人已经得到宰相的职位时，诗人奥培德拉·本·阿布杜拉·本·塔希尔是如何表现出了他的宽容精神的：

时世拒绝向我们帮助，
但请向我们热爱和尊敬的人
伸出援助之手。
我对时世说：善尽你对他们的恩德，
他们的事最为重要，我们的事自己做主。

对此的解释，难道不是他对自己的依靠与他对命运的知晓相结合的结果吗？因此，从上面的这两段诗中，我们已能清晰地看到两种心态分别表现出的偏执和宽容。

这样，我们从他们口所言、笔所写之中，清楚地看到了他们每个人对生活的态度。

血统特点

如果前面所说的关于心情沮丧和高兴的意见是正确的——而事实上确是正确的——那么，那是否意味着，在乐观心理的生活中，不会出现突现的恐惧、无知与对他人的依靠呢？或者说，失望的心理，在生活的过程中，不会偶然出现心安、知与依靠自我吗？结论十分清楚：不是这样的。只要我们生活在世上，这两种心理都会碰到这些偶然的现象。这正是那些企图将一般的判定用于不同个性的人们的不幸。使这一问题变得复杂，使研究变得模糊不清的是，在这两种心态中，这些偶然情况的结果并不是完全相似的。当代的学者们已经了解了这一点。

比如，在人们中间，在变化不定的乐观的心里，当偶然出现的恐惧与知相结合时，产生的是谨慎，而不是怀疑。

当偶然出现的无知与依靠自我结合起来时，产生的是不屈，而不是巩固。

同样，当其对他人的依靠与其所固有的心安相结合时，产生的是温柔，而不是追随。

而悲观的心态在其社会生活中的情况则截然相反。

如果偶然出现在它那里的心安与无知结合起来，产生的是对别人的依赖，而不是相信。

当偶然出现的知与对别人依靠结合起来时，产生的是自大，而不是独立的。

有一天，当对自我的依靠与固有的恐惧结合起来时，就将产生侵略，而不是宽容。也许，这就是两个民族——阿拉伯人和非阿拉伯人的社会精神的区别，因为在漫长的岁月里，他们的生活环境不同。从这里，就可获得我们研究的精华。因为，我们从这——前提及其所包含的结果，可以清楚地看到他们那“有其父必有其子”的话所证明的血统特点的程度。如果没有证据，这一研究可能不会顺利地进行到底，或者他们的观点不被接受。如果你想要从诗人们自己那里得到更多的证据，那么，先请读穆萨·本·贾比尔·哈奈菲因警觉而吟出的诗句：

我对宰德说：别动摇。
即使不杀死你和我，
他们也已把死亡看到。
如果他们开战，你就厮杀，
如果他们不打，你就多集柴草
让战火熊熊燃烧。
如果战争激烈，
你、我均是战火的目标。

你难道没有看到那偶然降落到心中的恐惧与心的知晓的结合吗？

据说，侯加吉[1]写信给阿布杜·买立克·本·买尔旺，夸大卡特里·本·夫加埃特·玛敦尼的事情。阿布杜·买立克·本·买尔旺就给他回了封信，说："我以百克里嘱咐宰德的话嘱嘱你。"读罢信后，侯加吉就对他的侍从说："你到人们中间去喊：谁能说出艾米尔白克里嘱咐宰德的是什么，就赏他一万银币！"

侍从遵命。果然有一个人对侍从说：

"我能告诉他。"

于是，侍从将他带到了侯加吉面前。侯加吉问：

"白克里对宰德说了些什么？"

对方答道："他对宰德[2]说……"

然后又吟诵了一些诗句。

听罢，侯加吉说："穆民的领袖的话是对的。你、我均是战火的目标。"

下面是带着强烈的拒绝情绪的卡特里·加·本·夫加埃特[3]吟的诗：

---

① 侯加吉（660年—714年），倭玛亚王朝时的一位地方行政长官和军队将领，参与了平息哈瓦利吉派、什叶派等的反叛战争。他本人颇具讲演才能。

② 白克里和宰德是一对堂兄弟。

③ 卡特里·本·夫加埃特（生于697年左右），是哈瓦利吉派。他的诗作充满勇敢精神。

当英雄们四散，我对她说：
你真该死，
你要求把寿限延长一天，
这绝不被答应。
忍耐吧，在死亡面前！
不可能把永生实现。

你难道没有看到，他对自己的依靠与偶然出现的无知的结合吗？

据《阿玛里》一书记载：

当穆里希布[①]把卡特里从克尔曼赶向呼拉珊，便将凯阿布·本·买伊丹·艾什格里派到侯加吉那里。侯加吉问他：

“穆里希布是如何同那些人作战的？”

凯阿布回答：“如果看到机会，他就像狮子般猛扑上去。如果有人突然向他袭击，他就像狐狸般欺骗他们。如果他们故意拖延，他就像漫长的岁月那样地忍耐着。”

侯加吉又问：“他在你们中间时是什么样子？”

凯阿布回答：“他像一位年长背弯的父亲一样地怜悯我们，我们则像孝顺的孩子那样地顺从他。”

侯加吉再问：“你们怎么让他逃脱的？”

凯阿布说：“他用一些我们不曾用来欺骗他的办法欺骗了我们……寿限是最好的庇护，最精良的武器啊！

“请认真想想他关于卡特里的这句话，寿限是最好的庇护，最精锐的武器啊！”

① 穆里希布，倭玛亚时期军事将领。

这句话不恰好证明了我们所说的观点吗？

下面是欧特白特·本·白吉尔[①]以对客人服从的奴隶主义心理吟出的诗句：

我的被是客人的被，
我的家就是他的家。
戴面纱的美如羚羊的女子，也未使我冷淡他。
我们交换着谈话，
聊天亦是待客的方法。
我的心清楚明白，
他将要倒头睡下。

这里，难道不能看出他固有的安心与对被认为是款待客人的方式之一——“聊天”的依靠的结合吗？

现在来看看，自大的艾布·穆斯林·呼拉珊尼[②]的诗：

我以决心和沉默把业绩创建，
集结的买尔旺人却无法将其实现。
我把他们在他们的家园里追赶。
他们已在沙姆之地睡酣，
我挥起了刀剑，
他们才从无人享受过的睡眠中醒转。

① 欧特白持·本·白吉尔，生于伊斯兰初期。

② 艾布·穆斯林·呼拉珊尼(726 年—755 年)，阿巴斯时期著名的军事将领。

谁在狮子出没之地牧羊，
沉睡之时，便由狮子将他替换。

再让我们看看，被侵略情绪推动的法拉兹达格吟出的关于侯加吉的诗：

如果我们生养了宰雅德的孙子，
侯加吉的气力有何成绩
……
……
若没有伊本·买尔旺，
伊本·尤素夫只是艾尔德人的奴隶。
他始终自认卑贱，
在村里的少年中走来走去。

若非如此，又是什么使他这个胆怯的放荡之徒遭受到这些霸道者的伤害呢？

尽管如此，虽然倭马亚人十分讨厌他，但是，由于他是俄立布人中口齿尖刻的诗人，能保护他们，所以，在他们中间仍享有崇高的地位。因此，倭马亚人以诗文相聚时，还是惧怕他的诗的力量。他的这些话，难道不能证明，偶然出现的对自己的依靠与其原有的恐惧结合在一起了吗？这一结合，不正如一切鼓动他的侵略性行为的事物一样吗？

也许，正是这一类的侵犯，又一次促使一个阿拉伯人为激怒穆因·本·扎伊德[1]而说：

你还记得，你的被子是羊皮，
你的鞋是驼皮制成？

穆因平静地回答说："我记得，没有忘记。"

于是，他接着说：

赞美赐你王位之主，
使你把宝座登上！

穆因听罢说："安拉使他愿意其成为尊贵的人尊贵，成为卑贱的人卑贱。"

他则说：

只要我活着，便不向穆因道平安，
如对艾米尔一样。

穆因又说："平安是好事，不道平安也没坏处。"

他又说：

我将离开你的国家，
即便时世把穷人虐伤。

① 穆因·本·扎伊德，倭玛亚时期地方行政长官。

穆因则说：”如果你做我们的邻居，我们欢迎你住下。如果你是经过我们这里，那么，祝你平安。”

他终于说道：

纳基萨之子，多给我些钱财，
我已决心把旅途踏上。

穆因的回答是："给他一千银币，让他少受旅途之苦。"

故事的结果是，这个阿拉伯人对自己的做法表示道歉。当然，我不敢肯定故事的真实性。但我想这是事出有因的，因为穆因是以其容忍而闻名的。

这两种情况——法拉兹达格的情况与这个阿拉伯人的情况——有什么区别呢？区别只是：法拉兹达格说出这些活时，已离开了侯加吉的国家，所以不怕受到他的伤害。而这个阿拉伯人做出自己的所为时，也是具有安全感的，因为他了解穆因的宽容，这种了解鼓动他说出了那些话。那么，在这两种情况下，艾布·推布的话是正确的：

如果懦夫一人独处，
他形影厮杀，便是英难。

同样，他们均有自己的阻障。尽管这些阻障不同，但是，由于他们受到在其中不断变化的环境的影响而对生活采取了各自的态度，这些阻障更清楚地展现在我们面前。

这里，我们最好再一次回到他们将活的感受分为男性的和女性的这一话题上，以便从社会方面来看待这一问题，并使我们的现象本身可以进行阐述。那些对这些人的内心深处进行探究的人们认为，在消极的情况下：恐惧——卑视——愤怒——嫉妒——自傲的情况下，恐惧的感觉是存在于每一个女人的本性之中的——只要女人是孕育生命者——并且终生伴随着她。当她有护身的住处时，她才心安。这种住处是她居于社会之中，遵守其传统的证明。如这种住处将她带到鄙视的感觉、表示愤怒，那么，就已成为她的软弱变成力量的证明。如果发展到自负的程度，并达到了顶点，这时的女子的个性就很坚强，具有男女的力量。

在历史上，乌姆·哈基姆[①]的打油诗，就是对他们这种理论的支持：

我肩负着我的头，厌烦不已，
我讨厌为其抹油和清洗。
难道没有哪个年轻人，
甘愿把我顶替？

据说，她是当时最勇敢、最美丽、最笃信宗教的人。许多哈瓦利吉派的男子向她求婚，均遭拒绝，她没有爱上他们。她当时和我们前面提到的格特里在一起。看见过她身处战争的人说：“她当时就是用这些打油诗，来鼓励人们作战的。”

他们认为，只要男性生殖器是生命的机器，那么，自傲

① 乌姆·哈基姆，倭玛亚时期哈瓦利吉派女诗人。

便是每个男人本性中所具有的感觉，并将终生陪伴他。只有当他求助于某一方面保护时，才会有惊恐之感，这是他在社会中进行活动及其对社会各种制度负责的标志。如果这种自负下滑成嫉妒和表现出愤怒，那么，就出现了他的力量变成软弱的证据。如果再下滑至恐惧，他就会逃跑，使你看到最软弱的男人个性。

有一个人说：

我为你担心人们眼中的话语，
担心人们对你的种种猜疑。
如果我知道你的秘密，
我和我的眼睛都将其隐蔽。

在积极的情况下：即在心安、同情、满足、和谦的情况下，他们认为，每个社会中的男子的心安之感，是源于他认为社会中的一切对他来说都是有序的。如果这种感觉导致同情，然后是心满意足，那是由于慷慨的庇护。其后，如果再将其带入谦的感觉，那么，他就和女人一样谦和，使你看到，他仿佛是社会的仆人，为社会付出了值得感谢的努力。

也许莱依拉·艾赫丽叶[①]对讨白的悼亡诗，能够说明他们这一说法的正确性。请看她是如何说的：

啊，吐布，

① 莱依拉·艾赫丽叶（卒于700年），是一位漂亮的女诗人。以讨白对她的爱恋而闻名。

无论你戎装在身，或不戴盔甲，
安拉都不使你离远，
这只是与死亡的相见。
吐布放荡之时，即为世间优秀青年，
如不放荡，则是最好的青年。
他比年轻的姑娘还腼腆，
他比眼瞪麻木的雄狮还勇敢。

他就是这样一个男子，是一个被女子证实了的、何等优秀的男子啊！

同样，在任何一个社会中，女子的谦虚感又是她认为社会的一切对她来说均是平静的证明。如果这种感觉导致了怜悯、心满意足，那就证明了她与人们相处得很好。如果最后她又是十分心安，那么，她就和男子们一样自尊。于是，她俨然社会的女主人，颇能颐指气使。正如乌姆·马立克·本·宰德在故意刺激男人们时所吟诵的诗：

我们是塔里格的女儿，
专在绸缎上行走，
像猫儿在云中轻盈迈步，
麝香味留在路上，
颈上佩着宝珠。
你同意，我们拥抱，
你转身，我们分手，
分离总是不被喜爱和接受。

与大人物结婚是离异，

然后出现的是耻辱。

这就是女子，是男子们所承认的高贵的女子啊！

区　别

现在，我们按照心理学家们确定的路线，在我们对个性因素的分析研究中，已经到了研究“区别”的地方了。在消极方面和积极方面，也许我们重新确定我们在童年时就有的对这些感觉的接受能力的定义会更有好处。如果，我们将第一方面——消极方面认为是悲观心理的特点，将第二方面——积极方面视为是乐观心理的特点。那么，正如我们所看到的，那并不意味着，乐观的心理永远不恐惧、不憎恶、不愤怒、不嫉妒，或不自傲。只要具有这种心理的人活着，他就像其他的人一样，总会偶然地产生这些感觉。但是，正如他们所认为的，如果产生了这些感觉，那么，这些偶然的感觉就按照他们的选择，改变了方向。由于心在社会生活中的依靠，变向了非第一种定义。

这时，偶然的恐惧变成戒备，而不是畏缩

………鄙视……忍受，………愁眉苦脸。

………愤怒……处理，………复仇、解恨。

………嫉妒……知耻，………怀恨。

………自大……清高，………单纯的自负。

这些感觉，使心暂时地以沮丧的形态出现。

同样，如果失望的心偶然碰到了那些积极的感觉，如心安、同情、满足、怜爱，或是谦虚等，那么，按照他们的判定，这些偶然的感觉便从其原有的方面走向了新的含意，原因归于这颗心在其生活中所感觉到的不安与焦虑。

在这种情况下：

偶然的心安变成攻击，而不是戒备。

………同情……放肆，………忍受。

………满足……自傲，………处理。

………怜悯……屈从，………自尊。

………谦虚……卑贱，………傲慢。

这些感情，使心暂时地以高兴的面目出现。在此基础之上，如果这两颗心的感觉复杂化，他们便认为：其中乐观的人，它不像它的姐妹那样：

感到自卑，而是懊悔。

感到复仇，而是遗憾。

感到伪善，而是羞愧。

感到自傲，而是羞愧。

感到专横，而是稳重。

感到仇恨，而是默许、佯装不见。

感到憎恶，而是拒绝。

感到恶心，而是忍耐。

感到鄙视，而是远离。

感到嘲笑，而是玩弄。

所以，我们可以看到，仿佛这颗心的生活都是欢迎。而悲观的心则将这一切都看成是沮丧的表示。一个奇怪的区别是：这一切感觉在我们这些人的生活中的反应，与我们在那些悲观的人们面前的感觉正好相反，即是快乐，心情舒畅。如果一个人的生活都是欢迎，无论他的生命是长，是短，他都在享受生命的每一分钟，享受其全部幸福、舒畅，而将自己对他人的敌意驱散了。

同样，他们也认为，悲观的心，如果其感觉复杂了，那么，它便不会像它的姐妹那样，感觉到自尊，取而代之的是顽固。

感觉到忠诚，取而代之的是阿谀奉承。

感觉到宽容，取而代之的是严厉。

感觉到公正，取而代之的是复仇。

感觉到仁慈，取而代之的是厌倦。

感觉到和颜悦色，取而代之的是衰弱。

感觉到友好，取而代之的是卑鄙。

感觉到关怀，取而代之的是奚落。

感觉到偏爱，取而代之的是顽固。

所以，我们说过，有这种心理的人活着，仿佛他的全部生活都是期待。这可能也是悲观者对他们生活中的这种现象的唯一的解释。而实际上，这一切都是对高兴的模仿。尽管如此，与我们在乐观者面前所感觉到的相反，它只能给我们的生活送来烦恼。因为那种全部生活都是期待的人，他的期待很漫长，每一分钟都不会实现他的要求。因此，他的生活永远是传染、伤害别人的悲痛和烦恼。

就是这样，两种人的心——乐观的和悲观的——各自走着自己的生活轨道，即使是在此之后，它像其姐妹一样，处于相同的环境之中时，在它与人们之间的关系方面，亦采取这种它不能够偏离的立场。当这两种心处于一种环境之中时，当在它俩的社会生活中，那些进忠言人的忠告永远是先斩后奏时，那些忠告又怎么会对它俩中的这个或那个有益呢？

在教育方面，没有比古人之言更正确的了：

若你扶正柔枝，它就正直。
你若欲矫正大树，它却不会改变。

又如，有个人埋怨艾布·努瓦斯说：

不要埋怨我，埋怨是一种诱惑。
请用那原本是病的她来把我医治。

这难道不是对心的情况的无知吗？在他这一类人的埋怨中，并非如他所说，只是对他们的引诱，对他们的变态心理的医治，只能是解开心理之结。

总之，在一切社会舞台上产生的我们的态度的后面，是人对生活的最根本的立场，是他看待生活的眼光。

在这种立场和观点的手中，掌握着一根在自己的活力的范围之内或勇往直前、或被束缚的缰绳。拘于自己范围之内的本位的态度或那种超出自己范围的态度，与那种乐观对待或悲观对待人们之间的生活的观点，这两者控制着社会在我们的关系中揭示其帘幕的第二位的态度。

如同在生活中一样，一个人只要心中有所思，必然表现在他的脸上，反映在语言的“失误”上。诗人的脸就是他的风格，他的语言的“失误”，就是那些将他的思想和脑海的联想告诉你的、没有固定使用方法的同汇。

至于生活中，请看这个简单的证据：

正当三个孩子在公园里玩耍时，从树下钻出一条蛇来。一见有蛇，其中一个转身照直跑了，第二个则惊待在原地，死盯着那蛇不知所措。第三个却左右环顾，寻找石头。当他找到一块石头时，立刻拿了起来，砸烂了蛇头。

你可以看到，面对同一事件，联想的影响在这三个人身上多么不同。第一个逃跑，第二个惊呆僵立。第三个则是从容行事。也许，所有的人在碰到这种情况时的反应都不外乎这些吧。我的一个朋友说：“还有第四种情况。”我说：“对，如果他们中间有另外一条小蛇，由于它在自己的住处已经习惯面对这样的情景，因此，它可以安心地同那条蛇玩耍。但是，这只是个特殊情况，而不能用之于所有的人。”

在文学方面，有这样一个例子。据说，艾玛买问大教长哈努·本·埃迪尔道：

“你是什么人？你已耄耋？”

他便回答说（他年轻时便认识了她）：

一天，艾玛买语气温柔：

伊本·埃迪尔，你已然老迈。

你原享鲜嫩的青春。
现在，青春已逝，
不见你绿色的嫩鲜。
支持你的是拐杖，
你不爱消息，
也下去寻探。
我则对她说：
“长者承认你所说之言。
我已看到你用之谩骂我的东西，
正在我体内蔓延，不断发展，
小事就令我生气，
家人嫌我讨厌。
尽管高贵是我的从前。
那时，我用小杯喝水，
艾绥埃尔人把我领到众人面前。

在这里，既然他认为她的话是一种指责，仿佛他也对她说：“你也老了，模样全非了。”

在类似的情况下，哈基姆·本·阿克拉买说：

布赛依娜说：你竟否认，
用红色把头发涂染。
你已年老，青春无返。
我回答她说：住口，
当初你难道没在夜晚，

在朱希尔与我相见。
那时，我们邻里友善，
你难道已经遗忘无念？
记起来吧！
那时，我风华绰约，
穿着外袍，斗篷遮肩。
你埋怨我时，像乌鸦的翅膀，
脚上却涂满麝香和龙涎。
其他的一切你一无所知，
这背叛的时世已经改变。
你如头上的珍珠，
青春的浆汁尚未被拧完。
当初我们的路是一条，
我已年老，你却青春依然。

这里，仿佛他在说“赞美那使你青春永葆的安拉吧”。

在这之后，你能看到，面对同一种情况，这两个人的联想是多么不同啊，第一个人几乎是只考虑自己，只悲观地向你讲述他的忧虑、对生活的烦恼。你在他的话中，只能看到粗暴和冷淡。对于一个像他这样的老头，这是不奇怪的。而第二个人，则是心情高兴地进行他的谈话，如一个有教养的男子那样，委婉地、温和地重达美好的记忆，看到生活里的一切都是美好的。

同样，联想在心里发挥着作用，我们中的每一个人都必定将这种联想真相展示出来。

生活与语言

表达的要素

我一直在思考语言及其与生活的关系的问题。乍看起来，每一个民族的人与自己的同类们相互理解的手段是语言。没有语言，我们便不能出席各种聚会，我们中间的每一个人只能像一只动物那样，为自己而活着。而他的事情也不过是他每天、甚至是他所存在于其中的那一刻之内的那块云彩。当时，我的结论是：正如他们所说的，由于语言的关系，人自然变成了语言的受惠者。当我们说“我们通过语言”相互了解了，那便意味着，我们通过语言将生活的目的融于其他人的生活之中的形式与他人共享生活。因为，事实上，我们并不将“相互了解”局限于其语言的狭意，我们是在语言之中，通过语言，享受比动物生活完全的一种生活。

那时，我觉得语言中的一件怪事是，我们通过字典中所有的有限的词汇，可以表达全部的意思，而相互理解。正如语法学家们所阐述的那样，这些词汇不过就是名词、动词和介词。而它们就是我们之间互相交往的依靠。然后，在这些词汇里，我们保留着我们将其视为生活中的见证的一个人和另一个人之间的细微的区别和特点。最后，我弄清了，正如我们所期望的，我们在这些词汇范围之内的理解，已经超越了它的“单字”的范围，而成为我们在相互理解的过程中使用的固定的“模块”,是它使话具有了它自己的各方面的内容，而不是狭意的“一个方面”的内容，而是全面的，是修辞学中的所有方面。

只要词汇本身只是一个符号，如果它在头脑中没有驱动证实着它的某个形象，而这种形象又是人在生活的各种实际中所经历过的各种形象，那么，其自身不意味着，也不可意味着什么，那么，情况就只能如此。

正是这一点使我重又去观察语言，从而将其作为是表现自我的一个基本因素而进行深入的研究。同样，我也对形式各异的文学进行了重新地观察，以弄清楚，文学家们是如何真正地将其作为生活的记录的。

如果我们从语言回到一个孩子的成长之初，我们便可以看到，教孩子认识和了解事物的最初的办法，就是给各种事物都起上名字。因为他的认识，首先是始于身边被真正感觉到的一切(如爸爸、妈妈)，这些都有各自的名字。然后，他的认识逐渐发展、深化，直至认识到这诸种事物之间的关系。

由此看来,“名字”是儿童生活中知之、认识的第一因素。但是，名字自身不能证明生活，因为它的“象征性”的所指，并没有超越事物自身，以至与时间因素相结合。所以，要想象一种行为，必须与时间相结合，因为是时间，赋予物质以运动的意义。

为了了解各种被感事物之间的关系，可以将行为从行为者处抽象出来，因为，有可能是不止一个行为者参与了这同一个行为。但是，如果这种行为只是一个没有与时间结合起来的、表示自身意义的名词，那么，这种抽象就不能完成。这就像阿拉伯语中动词的词根、动词的派生词一样，也如我们讲“笑”“哭”及其存在是一些动词的结晶的抽象名词，如“智慧”“战争”“思维”“疯狂”等。

名词和动词，谁在谁前？对此，语言学家们意见各异。当初巴士拉学派和库法学派[①]之间关于派生词之根本的分歧的焦点是：本是来自词根还是来自动词的过去式。对于这种历史问题，很难以一种结论来结束其分歧。不过，如果我们抓住现象，那么，离实际就不会太远：在一切与占有空间的意义相联系的事物的存在当中，名词是先于动词的，如“太阳”“月亮”“母驼”“骆驼”“沙子”“棍子”等。但是，另一些名词则是产生于动词之后的，并且只能在任何具有感觉的事物的三母动词的词根上产生，如“怜悯”“愤怒”“幸福”“高兴”“快活”“不幸”，则源于它们的动词的固有的词根。同样，具有知感者所进行的意念活动，如打、哭、读、写、卖、买等，其名词是产生于动词之后的，因为它一方面必须将目的和手段结合起来，另一方面，又必须要考虑某种工作自身所需要的不算短的一段时间。而非意愿行为或是必然行为，其情况则更为复杂。

① 巴士拉学派和库法学派：倭玛亚时期与阿巴斯时期阿拉伯语言、语法的两大学派。

为了区别可感事物，便出现了形容词。每一个被形容事物都具有必须有的形容词，从而使其在存在当中具有自己的特色。由于有可能不止一种被形容事物具有同一个形容词，因此，也可以将形容词从被形容的事物中抽象出来。但是，这种对形容词的抽象，在我们这里只是一种提示出一种事物与另一种事物进行比较时的情况的名字时，便不能完成。在我们的谈话中，有大、小、近、远、长、短等因素，我们将之作为进行区别的基础。

为了看到一个事物本身的特点，在对其进行形容时，必须看到两种情况。从这一点来看，说形容词是直接从动词派生出来的，是正确的。因为它与时间的因素是相互联系的。这就如同“睡着的”“醒着的”“杀戮的”“被杀的”“吝啬的”“慷慨的”等词，这些形容词，如果不去看看其动词的意思，是无法明白其真相的。也许形容词必须要考虑两种自我——而不是两种情况——以看到这两者之间的形似之处。如“黑的”“柔软的”“不存在的”等词，如果不去考虑与之相对的形容词：“白色的”“粗糙的”“存在的”等词的意义，其自身便没有任何意义。

在我们的富有生机的感觉的推动下，语言把我们从发现相似带到各反义词之间的汇集与区别面前。

为了弄清被感物的形态，产生了介词。介词不代表某种主体或驱动它的某种形象，它只能赋予名词或者动词某种附加的意义。被感事物通过这种附加的意义在存在中占有自己的相对位置，或者在时间的周期中，规定它的活动。如有人说：

谋求强有力的阿穆鲁的保护，
如同在滚烫的地面上向火炉求庇护。

这在阿拉伯原文中是一个名词句，不见任何动词的影响。尽管如此，这里面的虚词却承担着往往只有动词才具有的作用。如果这两种情况未受到时间的制约，这里的介词则表述了两种情况下的形态，同时，它也承担着形容词区别主体的任务。这里，出现了两个求助者，第一个与第二个不同。而能够区别这两种形象的，只是这些介词。

同样的情况，出现在邵基[①]的诗里：

看，微笑，问候，
谈话，约会，相见。

这里出现的，只是一系列的名词（在阿拉伯文的原文中，这两句分别由三个名词组成，每三个名词之间，用一个表示先后顺序的介词联结起来——译者），诗人用它来描绘各种不同的情况。其中使用的同一个介词，表示了这些情况的先后顺序。

于是，我们看到，语言是建立在自己的三个支柱之上的，

① 邵基·艾哈麦德(1868年—1932年)，著名的埃及与阿拉伯诗人，有“诗人之王”之美称。

即名词、动词和介词。这样，表达的因素便完全了，如果句子的两个支柱，或者按照语法学家的话来说，一个句子的两个边——起词和述词——放在一句话之中，无论这句子是名词句还是动词句，我们要想弄清起词和这词之间的真正的关系，只能通过在绝大多数情况下被加上去的介词——当然，有时不需要——这种被语法探究的添加介词的现象，存在于一切语言当中。

这里，我们希望读者不要把每一句话都依靠的起词与述词之间的关系与语法学家们所说的“联系”混淆起来。对于“联系”一词，他们这样说“如果没有一个句子中两个边之间的联系，那么，这两个边也只是两个相继出现的词，彼此没有任何关系，又都毫无裨益。”因为起词和述词之间的联系已超越此内容，而涉及说话者本身。

这将是我们下一章的内容。

比喻与被比喻

辞义学者将句子分为陈述句和祈使句。在他们之后，修辞学者们把他们的理论建立在比喻的坚实的基础之上，既然我们已从单字谈到了话的组成，那么，现在就应该看看，在话中，起词和述词是如何通过每一个雄辩的话语的根本——比喻，而超越了话的内容，到达了谈话者本身。如果谈话者个性的轮廓消失在某句话中，那是因为说活人自己的个性是不值得显露出来的。

但是，在我们详细论述这一问题之前，我们必须了解现象本身。在我们知道话是在什么时候由于明喻和暗喻而变成雄辩之前，必须明白，什么是比喻……明喻是如何变成了暗喻？现在，就让我们首先以下定义的方式来解释现象本身。然后，再去研究它在雄辩的话中的位置。

明喻

在他们的话中，比喻是“以一种像之的事物来比喻之”，或“近似成为……”。在比喻中事情之始是建立在两个在某些特点方面有相似之处的主体的相似之上的。比如，男子与狮子之间的勇敢，存在于小孩子与母亲之间的软弱。因此，他们在说“宰德像狮子一样”时，指的是勇敢，说“某人像他母亲一样”时，是说他正变得无能力、软弱，像女子一样。

但是，在两种事物之间进行比喻，并不使一种事物变成另一种事物——因为，即使这两者在某些特点方面有共性——这两个主体的本质也是有区别的。因此，按照我们在进行比喻时所感觉到的特点的种类，比喻可能很贴近，也可能相去甚远。正如买吉农[①]所说；

听到莱依拉要走的那一夜，
我的心像落入网套的沙鸡，
翅膀已被吊起，
但它还把网拽系。

或者如纳比厄所说：

你就像追逐着我的黑夜，
如果摆脱你，地域宽广无比。

① 蒙昧时期的阿拉伯情诗人，他的诗均是表达他对莱依拉的苦恋。

在第一种情况里，在那离别之夜，他在自己那激烈跳动的心里。看到了落入网中的沙鸡的形象。而第二个诗人则在自己身后，在他企图逃脱的君主的势力之中，看到了恐怖的黑夜所包含的意义。

从这两个例子中可以看到，明喻不拘限于主体。有时，它要超越主体，到时间的因素发生影响的主体所处的情况之中。

请看伊姆鲁·盖斯的诗句：

待她的家人睡酣，
我便攀向她的帐房。
那昂首的模样，
俨然一只水罐摆在另一个之上。

或者如格林纳达的一位女诗人所说：

我们来到了道哈，开始思念，
就像奶母把断奶的孩子思念。

从这两个例子当中，可以看清我们上面所说的问题。

同样，有时明喻也从可感事物到不可感事物。如伊本·穆阿台兹[①]是这样谈哈姆菜的：

---

① 伊本·穆阿台兹(861年—909年)，阿巴斯时代的著名诗人，曾任过一天的哈里发。

她把自己的温柔隐藏，
仿佛那是她确信地存余，
几乎被怀疑带走。

这里，诗人用一种纯粹的思维之意来进行比喻。

无论我们是用一个主体的等同物对其进行比喻，还是用一种行为对另一种行为进行比喻，或是用一种情况对另一种情况进行比喻，我们在比喻中都依靠我们的感觉，这种感觉是通过自由联想，在被比喻者面前，呼唤用之进行比喻的形象。因此，我们可以说：他像狮子，像愤怒的公牛，像柔顺的羊羔，像狐狸，像蝎子等。

或者，像伊本·吉海姆初到沙漠时所说的：

在保持友情方面，你像一只狗。
面对灾祸时，你又像一只公山羊。

在以上所述的诸种情况中，重要的一点是，比喻不是在其自身，而是我们的感觉推动我们去比喻。这就是下面这句话“在话语当中，超越客体到说话者的起词与述词之间的关系”的含意。从这方面来说，比喻规定了我们生活于其中的心理范围。

请看下面这位诗人，当他在城市里居住后是如何描述玫瑰花的：

早上，他用玫瑰向我问候，
那花瓣如层层叠叠的折皱。

而伊本·鲁米在嗅了玫瑰之后患上感冒时，则说：

它像驴子排便时露出的肛门，
里面正有一些粪便。

这就是两个诗人对玫瑰花的不同的描述。

那么，在这些进行比喻的情况里，起词和述词之间的关系是什么呢？

当我们进行比喻时，有时我们看到，相似之处存在于比喻和被比喻者之间的感觉特征里，如伊奉·穆阿台兹在赞美圆月时所说：

你看它，像一只银制的小船，
龙涎香装得满满。

这一比喻，仅仅来自认真细微的观看。在这个诗句的背后，我们从诗人所描述的情景中发现的是：在明月高悬之夜，一个艾米尔很无聊地与酒友围坐而饮，月光洒满了他们的座位。艾米尔被周围的美景陶醉，睁大了眼睛！这多么像照相机以我们周围的光明和黑暗为背景，为我们照下的一张照片啊！

有时，我们看到，比喻和被比喻者之间的相似点，不是在那些感觉到的特点上，而是在知感不能及的方面。仿佛这时我们发现，两个主体的相似点，是以一种纯粹是通过我们的感觉而反应在我们内心中的这两个主体的影响的标志，而不是我们的感官。或者用另一种说法：在这里，我们是在两种感觉之间、而不是在两种被感物之间进行比较。这正如伊利亚·艾布·玛迪[①]在谈到一支破碎的小提琴时所说的：

它已被丢弃，像船被
丢弃在岸边。它的过
去在岸边后消散。

在同一首诗里，他又说，

它像一座城市，
命运将其大厦摧毁，
使其穿上了沉默的殓衣。

这里的比喻的基础是细微的感觉，而不是观察。诗人一次用船、一次用都市来比喻破碎的小提琴。在这两种情况下，他都不去看比喻和被比喻者之间的外表形象，因为那没有相似之处。而是用这两种事物在他心中所激起的感觉来进行比喻。命运将其大厦摧毁的城市，只是一片废墟，如罗马，在诗人心中激发出了一种忧郁的、伤感的感觉，这种感觉与他

① 伊里亚·艾布·玛迪(1889年—1958年)，阿拉伯诗人，出生于黎巴嫩，后移居美国。

面对那破碎的小提琴所产生的感觉相同。同样，这种感觉在他面对被遗弃的船时也曾出现。那么，我们在这几行诗后看到的是这样的形象：一个人的过去使他忘却了现实。他喜欢各种东西之美，喜欢其内在之物，然后才是其外表。在他自己的世界中，他感觉到孤单。因为他知道，一切事物都像自己的影子一样，正在消失。因此，这种感觉使他痛苦。这多么像画家为我们画出的一些油画所产生的影响啊！

这里，我们最好不要忘记了第三种情况，即我们只是在逻辑上是相等的事物间进行比喻。如一位诗人在描述两个同伴时说：

像剪刀的两个部分
只有分割时，才会相聚。

这里，与前两种情况相反，比喻的支柱是细微、认真的思考。这位诗人是在描写在两位齐心协力的人中间进行挑拨离间的人。但是，他几乎没有感觉到，他讲的是人。他找寻比喻与被比喻者之间的相似之处，并非基于双方具有共同的外部形态，亦非面对双方时而产生的内在感觉，而是从两者行为的目的——分离——去考虑的。他像数学家看待方程式那样，去看待目的和手段，也几乎像数学家一样，从自己的感觉中剥离出来，去做出果断的判断，从而产生了形象上的僵化和感觉上的干瘪。实际上，此人并未对内心世界进行深刻的探索，因为当他将生活从一切美和感觉中抽象出来后，只看到了生活是运动的机器，“他在摄影时，如同是摆积木一样。”

这就是我们看到的比喻的各个方面。正如我们所看到的，比喻的标志不会超越这三种中的任何一种——认真观察、认真感觉和认真思考，而不会出现第四种。我们已经看到了，在这几种情况下，起词和述词的关系同主体之间的关系，均不像其与说话者的关系那样。

隐喻

隐喻是明喻的同乳姐妹。其动词的原意是“借贷”。它同明喻一样，首先是两个个体在某些方面和特点上有相似之处。但是，在这里，我们把隐喻放在明喻的地位上，使其具有明喻的全部特点。我们说“狮子来了”，是指宰德来了，因为他勇敢。同样,我们说“宰德怒吼”时,是形容他生气时的情况。那正如修辞学家们所说，这是不需比喻工具的明喻。

毫无疑问，同明喻一样，隐喻使用在主体之中，也使用于主体的特征，使用于各种状态，也使用于各种行为。但是，在这一切情况中，它都是拿取真实的各种原因，以进入到隐喻之中，从而使话的各个领域的范围扩大，而且使这些领域同生活一起变得形形色色。

在穆泰乃比的诗中，能看到运用于事物主体的隐喻：

但愿那已升起的太阳沉落，
而那已沉落的太阳高悬。

这里，我们看到，诗人用太阳一词表达了另一种意义，在其真正的含意面前，隐喻离去的爱人。

在邵基的诗中，我们看到用于事物特征的隐喻：

那红色的自由有扇门，
只能用鲜血染红的手去敲启。

我们看到，诗人用隐喻的方法把自由说成是红色的，以此来暗示，自由是需要牺牲的。

请不要忘记，在要求自由的人们的面前，这扇门永远是紧闭的，有死亡在其面前守卫。只有通过死亡，做出牺牲，才能打开这扇门，进入其圣殿之中。

至于使用于事物状况的隐喻，则可在许多人的诗中看到：

我们把我们之间的谈话的衣襟抓住，
大干河抓着我们坐骑的脖子流淌。

在这里，我们看到诗人用稳喻的方法，说谈话有衣襟，骑马的人们在他们的缓缓行进中，抓住了这些衣襟。同时，他还使用了河中的洪流，仿佛它抓着坐骑的脖子，向前涌流。

让我们从艾布·台玛姆[①]的诗中来看看使用于事物行为的隐喻：

时世为他们的慷慨大方而欢笑，

① 艾布·台玛姆(788年——846年)，阿拉伯诗人。

仿佛他们的日月是其美好事物的聚集。

这里，我们看到诗人用隐喻的办法，将命运比喻成具有人的本能——笑，其标志是生活的宽松和幸福。这句诗中是有可认真观察之处的。前半行使用了隐喻，后半行使用了明喻。两者一起，为达到一个目的，即描绘那些被赞扬的人们的生活幸运、时运顺旺。

这就是隐喻。这里，重要的也是：隐喻不是在其自我之中，而是推动使用隐喻的我们的感觉——与个人之间的动机不同——正是它使我们在观看许诺给虔诚的信徒们的天堂时，有时，是在“刀剑的阴影下看它”，有时，是在“母亲们的脚下看它。”

促使我们使用隐喻的动机，就是促使我们使用明喻的动机，它也是仔细观察、仔细感觉和仔细思考。

隐喻的第一种情况将其使用者带到打比方、举例，如穆泰乃比说：

……，矛和矛撕打，
死亡的波浪在周围涌涛。

用这种激烈的画面来隐喻死亡，用死的波浪来将战场的恐怖具体描写出来……我们感觉到画面在动。这里，诗人使用了现在时态的动同“撕打”，以示状态的继续。

而第二种情况则将其使用者带到了人格化的情形中，如布哈吐里说：

奔放的春天来到你那里，
趾高气扬地欢笑。
那般绝伦美妙，
几乎要启口言表。

你难道没有看到，诗人是如何将春天比喻成一个人，面容活泼，张口欢笑，“几乎要启口言表”，使这画面人格化更强烈。是的，春天以其所具有的复苏的秘密而说笑。但是，它是对那些以心的知感去谛听生活的窃窃私语的人——鸟的鸣叫、花的香气——说话的。

第三种情况，把使用隐喻者带到了具体化的境地。如艾布·努瓦斯说：

钱的声音已经嘶哑，
因对你的抱怨和喊叫。

这里，诗人用隐喻将奢侈的意义具体化，即把实物的钱财——(沙漠居民那里的金、银)——说成是牲畜，同时也表明他深知富有的内在力量，使钱财变得像牲畜一样，开始抱怨被赞颂者的漫不经心的挥霍，以至因多说、大喊，而声音嘶哑了。

在这最后一点，阿巴斯时代的诗人们使用了许多生僻之词，从而出现了新的诗歌流派。

同明喻一样，隐喻也是具有这三种情况。你可以看到，在每一种情况中，起词与述词的关系与主体的关系，不像其与说话者的关系那样。

那么，如果主体为我们增加了生活的经验，它也为我们拓广了生活的领域。

经常使用的谚语、格言

我们必须对这个问题进行一下简单的阐述。伊本·拉希格的《支柱》[①]一书中说："不止有一位学者说过，诗歌不包括通用的格言、谚语、精彩的隐喻和实实在在的已被使用的明喻。除此之外的韵律的功劳应属于诗人本身。"

这里，令人奇怪的是，持这种观点的人，把格言、谚语同明喻、隐喻搅在一起了。如果我们接受他们的这种说法，那么，首先令人想到的则是：在我们已经看到隐喻何时变得精彩、明喻如何被使用之后，是什么使得格言、谚语"通行"的？然后则是：为什么这些人选择了这些现象来辨别什么是好诗，而把其他方面抛开了呢？

对于这后一个问题，尽管其答案是简单、容易的，但它将我们从语言及其与生活的关系的问题带到了纯粹的艺术问题……对艺术问题的研究不是我们这本书的任务。只要了解

① 伊本·拉希格(995年—1064年)，阿巴斯时代文人。有许多著作，其中最著名的是《诗与诗歌批评的支柱》一书，简称《支柱》。

了明喻和隐喻，那么，我们稍微谈谈格言、谚语即可，以此来弄清组成话语的各个方面，即我们正在研究的起词和述词的关系。

格言、谚语

格言、谚语，不管如何对其定义，它也只是各个方面共有的一种经验。如果不是共有的经验，格言、谚语就不可能被人们引用，他也就不成为格言、谚语了。

“格言”一词的动词，他们或说是“相似”一词，或说是“描绘”“描写”一词，不管这两种说法正确与否，格言、谚语都是共有一种普通的经验，然后在相似的环境中将其呈现出来，仿佛它是一种情况的表明。没有将其呈现出来者的接连而至的经验，格言的实在意义便不正确。经验本身是需要其在每个人的生活中的地点和时间的条件的。但是，由于它在这方面的普遍性，因此，并不受一个人的生活的约束。每个人在其随至的经验之后，以他个人之口，将过去类似这种情况所需要的说明唤来。共同拥有同一种经验是容易的。那是因为这种经验是普遍性的，是社会产生了这种经验。生活的规律使之成为一种必然。于是，每个人在生活中将之用于他人和自己。因此，这些格言富有活力。

请看他们的诗句：

你的那一夜，尽是蹄声连续，
你不用休息使你的夜舒适。

又如他们说：

在弯曲的道路上，
我向他们发出命令。
只有翌日晨曦出现，
他们才把正路弄清。

或如他们所说：

我坐在她的驼鞍上的日子
和我兄弟贾比尔死亡的日子，
是多么地不同！

以上这些诗句，都是描述伊玛目阿里[①]由于某些原因，对生活所持的不同的看法。

在所有的语言中，格言都始终具有这样地位，因为它是人将其经验储存于其中的能量。所以，在一切民族的文学史上，古人们都特别喜爱讲格言。如果我们看到穆泰乃比的诗歌中，使用了最大数量的格言，那就说明，他比别的诗人，更多地投入了生活之战，以探索生活之奥秘。所有的民族如此热衷于这些格言，只是因为格言中储存有大量的能量，增加人们社会生活中的经验，并通过这些经验扩大生活的领域和范围。

① 伊斯兰初期著名的四大哈里发中的第四任哈里发。

勿庸置疑，格言同时为双重目的服务——社会目的和历史目的。因为它以其魔棍，成为将两种经验集合在一起的一个因子。现在，我们沿着第一种经验——社会经验的途径——来说第二种经验——历史经验，或者是用更清晰的表达说，按照历史，弄清我们的社会，及我们对社会的态度。仿佛我们在一座城堡中摸索道路，也仿佛我们可轻而易举地按下电钮，刹那间，电灯亮起，照亮城堡中原来被黑暗笼罩的地道、廊厅等。

正是这一点，使在古人们那里通行的格言享有如此崇高的地位。因为每一句格言后面，都有一个故事，是生活的缩影。如果那些说话的人认为找到格言轻而易举，贬低了格言在他们那里的地位，那是因为处于迷途中的他们，在迷失了历史上已经走过的道路之后，又开始通过一条艰险、崎岖、布满荆棘的道路——而不是那条清晰的坦途——去探索生活中的盲区和其中的奥妙。由于这些人的暗示和影响，今天的诗歌已变得本位，诗人只是表达自我，而不是像昨天那样，去表达社会，关心社会事物。

在全部诗歌中，特别是在格言中，是社会精神使格言在过去处于这种状况之中。每当社会精神使格言穿上哲理的衣服——使其从高处观看生活的哲理——那么，格言便以这种哲理的衣服达到了好诗的水平。

有时，这种存在于生活的广阔领域里的从高处指挥生活的精神很容易地改变了鸟儿目光的方向。由此，只在刹那之间，便将两个对立的事物集合在一起，而且是用他们所说的对偶的方法将之结合起来的。那么，什么是对偶呢？

对偶

对于“对偶”一词的来源，他们的意见并不一致。他们中最后的解释是艾绥玛伊[①]做出的。他说：此词的来源是，马在行进过程中，后蹄落在前蹄的位置上的动作。看来，古人们将此用于修辞学，是为了在一次全面的观看中，使两个相对立的意义相会。如伊本·代米乃[②]所说：

既使你以伤害让我受苦，
我却因你想到我而高兴。

在对偶中，像哲理一样，包含的是全面的意思。因为它同哲理一样，不满足于以第一眼之见去进行描述，而是要再次观察，直至将这一特征的两边集合于一种以简要为先导的形式之中，无论这种对偶是在主体之间，如穆泰乃比的诗句：

小人眼中的小人伟大，
大人眼中的大人渺小。

还是在主体的特征上，亦如他所说：

如果你尊崇高贵者，便得到他，

① 艾绥玛伊(740 年—831 年)，巴士拉的语言学家。
② 伊本·代米乃(？—796 年)，阿拉伯诗人，勇敢的骑士。

如果你尊崇卑贱者，他便背叛。

还是在主体的状况中，也如他所说：

智者在幸福之时，因其头脑受苦。
愚者在艰难之时，因其愚蠢幸福。

在艺术中、在生活中亦是如此。相对的一方只有通过另一方，才能显示出自己的美好。

《珍奇串珠》一书的作者说得对：

两个对立面相结合时，便成美好。
一方只有依靠另一方，才能显出美好。

作为哲理诗人的穆泰乃比，由于他看待事物真相的目光尖锐，所以，他的对偶使用得非常好。如果你能同我一起来看看他的一些诗句，那将是大有裨益的。这些诗是一生的经验与教义。这样，你就能知道，当时，这位伟大的诗人，是如何以全面的眼光高瞻远瞩的。请看他的这段诗：

文明的美好由令其鲜美者带来
沙漠中的游牧不能把美好带来。
你在生活中的幸运来自恋人，
你在睡梦中的福分来自幻想。
我因与亲爱的人分离而胆小，

我的心感到温暖时我便勇敢。
尘世中，钱少的人没有荣耀，
现世中，荣耀少的人没有钱财。
问题繁多出于思念，
回答繁多为了解释。
他把我们鞭笞，是对我们不知，
他替我们挨打，当我们已成相识。
他们最坚强的本是自己的肉体，
在你身边倒下时精神失败。
过分谋求和平的结果
与过分谋求战争一样。
卑贱者手中的富有是丑陋，
高贵者的丑陋在于赤贫。
如果一个欠缺的人在你面前将我责骂，
那就证明我是完整无瑕。
有些人活着，同死一样，
有些人死了，与活着一样。

这些例子足以证明，对偶有时存在于两个动词中，有时是在两个虚词中，而在许多情况下，是表现在两个名词里。但是，那一切教训的得出，是依靠深入到一般的肉眼所看到的生活中的事物的背后的尖锐的目光，这目光看到了生活的消极方面与积极方面，而不仅仅是词之间的对仗。

事实是，促使使用对偶的动机，是到达我们世俗生活事物的教训所在之处。这种世俗生活中的一切事件，在其最黑暗的时刻，都不乏其光明的一面。能够总结出这些教训的人，是世俗生活中具有尖锐目光的人们，他们具有这方面的本能。在这种本能显露之时，他们自己从各种嗜好的桎梏中脱离出来，让这些欲望不要在他们成功地总结经验之时背叛他们。

因此，你可以肯定，对偶是古人们早就使用过的方式。它不像后来人所说的，与辞藻学有任何关系。你难道没有听到我们一位古代的诗人说过：

> 如果我对你们做下的坏事少，
> 那么我对你们做下的好事多。

此真是一箭双雕。

客体与其中的主体

这样，在生活面前，语言便从含意世界进入了感觉世界。在传达时，作为主体自我表达的语言，则发展成为实际上是生活记录的一种文学。如你所见，因为我们在文学中，不仅仅是用话来描述我们周围的外部世界。这就像我们在摄影时一样，我们是从我们专门的角度来描述这个世界，正如我们戴着有色的眼镜所看到的那样。

那么，在每一段文学表述中，都有外部世界的形象，同时，还加之有将这种形象注入生命的在各种生物之间不断变化的活的精神的神气。毫不奇怪，如果我们想使用摄影艺术的专业词汇的话，它在观察人的角度和其镜头焦点方面是不一样的。每张照片中的观察角度，在文学中则相当于一个人在人群中的位置，而摄影者的镜头，在文学中则相当于人的本性。如伊姆鲁·盖斯所说：

抬眼前面的路途，

我的同伴把泪洒落，
确信我们走上了恺撒之路。
我对他说：
不要让眼泪淌流。
我们要么称王，要么死去，
然后被宽恕。

从这几句诗中，我们所看到的，不仅是那崎岖、艰险的道路，它的危险致使诗人的同伴因恐惧而哭泣。而且我们还看到了那鼓励着诗人、并使他与他的同伴共有的希望，赶走了他们心中的焦虑。

可是，当我们读艾布·台玛米的诗时：

当快驼迈步，我们已夜行疲惫，
同伴古米斯对我齿启：
日出可愿到我们这里？
我说：不！但是慷慨愿意。

这里，我们看到的画面是：在那漫长广阔的道路上，快驼奔驰着，同骆驼一起奔走的，是已经精疲力尽的、为数不多的、顺从诗人的仆从们，他们看着自己的主人，请他慢些，乞求保护。不仅如此，整个画面都充满了始终伴随着诗人的心安，他把这种心安注入随从们的心中，犹如一线微笑的光芒。

因此，如果我们说，文学的影响在其本质上，没有像证明其自我那样地去证明外部世界，这是对的。这种自我，是从其自己的阳台上去观望外间世界的，而且是以个人对生活的态度和观察为条件的。这正如我们在其他地方所阐述过的那样。这种自我的影响，我们可在处于生活压力之下的个人之间的社会联系中看到。同样，也可以在文学之中，在文学所赞颂的、犹如诸种事物之中的各种关系中看到。因此，尽管客体是一个，但是文学家们所处的场合不一；即使目标是一样的，但是，他们的表达方式也不一样。

在每一个文学作品中，都有相互交织的两个方向：即客体与其主体。正如你已经看到的，客体是我们努力要确定的。而其中的主体，则是推动我们确定的专门的推动力。正是这种主体,使这个文学作品有其特性,使其有自己的表达。因为：无论内容如何，文学都必须以我和你为前提。正是这一主体，使谈话进行。又是这一主体，使谈话对其而说。这两者都是从其两边围绕着客体的活的因素。文学就是表达建立于这两者之间的各种关系，把客体——不多也不少地——做为将它俩集合于同一座舞台上的原因。在伊本·代米乃埋怨他的女伴艾玛迈的诗中，我们可以清楚地看到这一点：

是你让我上路夜行，
黑色的沙鸡栖息在两边。
是你把我的心割成碎片，
使我受伤的心溃烂。
是你使我的族人们生气，
他们拒绝、忍耐，离高兴甚远。

然后，她以类似的形式，痛苦地回答他说：

是你使我将许诺背离，
使我将责骂你的人厌弃。
你将我在人前暴露，
然后又将我抛掷给他们，
任他们随意攻击，
安全无恙的都是你。
如果话语能伤害身体，
我的身体已被进患者伤击。

文学领悟的秘密——如果有秘密的话——就是文学家成功地描绘出第一主体——文学家自己——和第二主体——文学家的谈话所涉及到那些人们之间的关系，尽管各种客体不一，这些客体，在每段谈话中，只是捎带而过，但文学的本质就是这些关系。这正是我们对诗歌的风格的研究中，我们建立的理论大厦的主体。

如果我们仔细品评一下前两位诗人的这些诗行，便可以看到，伊姆鲁·盖斯在讲出自己的话时，对于此事的结果并不是心安的，他是在与自己的同伴在远行的路上，与自己的心进行交谈。而艾布·台玛姆讲的活，则是在已走完了长路、十分心安之时，情侣之间的谈话。这便使这两部分诗各具自己的特色。基于这一真理，我们便能够解释古代批评家们的有关话语，而首先便是贾希兹[①]的话：

——意思是扔在路的中间的。对于每一个讲话的人来说，意思的顶峰在于其符合情况所需。

希望你能把这最后一句“情况所需”，重视起来。

他们的“要看据说的内容，而不是谁说的……”的观点是毫无价值的。衡量文学成功的天平是：正确的文学作品，不是在一切“据说”之物中如实地反映生活，而应同时以能够证明是谁在说的力量去谈论和反映生活。只有文学家的精神在自己的书页之间显露出来、宣布了自己之时，你才能感觉到名副其实的文学的影响。任何你在其中感受不到这种现象的文学，都是缺乏生活要素的伪文学。

在他们的话“要看据说的内容……而不是谁说的……”中，如果他们真的把话和说话的人分别开来，那便有遁词存在。如果我们知道了生活是一个各种矛盾的综合体，生活的每一种情况都有自己的裁决，那么，这一句话的意思在于“你只要看你自己……你只要接受你喜爱的。其余的，则拒而远之”。而这正是文学在评估价值时所公开拒绝的混乱。生活的各个方面、领域，比你从这一个狭小的孔洞中所了解的一切宽广许多。什么时候，群众的满意成为过裁判所依靠的标准呢？如果客体从自身的主体中抽象出来，那么，它的影响便只是死人般地影响了。

这种破坏性的观点已不止一次地企图对我们的文学——自然状态的文学——进行控制，使我们的文学与诚实精神相去甚远，使文学中的精心造作成了“艺术”的同义词，仿佛

① 贾希兹（775年—868年），伟大的阿拉伯文人、学者。

它俩是一样的。于是，它便要求诗人们及仿效诗人的人们去走一条他们之前的人们就已走过的道路，并且不能偏左，也不能偏右。这正如他们中的一个人所听到的：

她唱着，
我身体的每一个部分，
都希望自己是一只耳朵。

于是，他便设法按照这个样子也做了一首诗，尽管说的只是类似的话：

如果她吟起了诗行，
出于对她的思念，
他身体的各个部位，
都成为听觉器官。

他们的这种观点，甚至使后来的人们在现代的语言中，去呼喊“艺术为艺术”！

就这样，他们抬着别人餐桌上的残汤剩饭，为自己及自己的周围进行着化妆。到最后，连生活也为他们化妆。时代为我们保留下来的他们的印记，就是这些彼此相似的木乃伊。

如果我们因为生活与那不固定于任何一种状态的时间相结合，便同意生活是一种发展，那么，对生活的感觉，只能在其从一种情况转向另一种情况的基础之上描述出来。比如，如果我们在穆泰乃比诗歌中看到了生活的真实的画面，那则意味着，穆泰乃比在他的诗歌中给我们留下的，不是抽象于时空条件、被掳去精神的外部世界的形象，而是与这一段时间——随着一个个夜晚，在他与一切生物之间不断更新的每一种关系的基础之上，在每一次对他来说都是新的这一段时间的活的自我相联系的。这一点，你在他对赛夫道来[①]的谈话中可以感觉到：

我看到，你们邻居的贞操不被保护，
你们草场牲畜的乳汁不足，
你们亲邻的报偿是厌烦，
爱你们的人的结果是憎恶。
谁把你们杯中的水饮用，
你们就对其发怒，
直使他们尝到死亡和困苦。
你我之间相距遥远，
如令视听错觉的沙漠漫漫展铺。
离开你们后的寂寞使我彻夜辗转，
驱走酣睡的是不绝的痛苦。
若因你们的友情遭此虐待，
我宁愿与这友谊分手。

就连赛夫道来听到这些诗句时，都说："他已经走了。"仿佛他以其阿拉伯人的本性已经领悟到隐藏在这位诗人的这

① 赛夫道来，阿巴斯时期后的哈姆达尼王朝的统治者。

些话后面的动机。他从这些话中，立刻感觉到诗人在埃及的情况使他不能安于此处。

这个时期的穆泰乃比，由于他在埃及居住时，已经习惯于他所赞颂的伟大人物那里的一切，因此，在他离开之后，受这种心灵感受的影响，回忆着已经成为历史的一部分的、他在哈莱甫渡过的日月。这正是我们在这里看到的新东西，这也正是古人们所说的“情况所需”。

只要生活不断地变化，那么，每一个过去的时代，都可在其后的一段时间里被重新忆起，不管这两个时期相距得如何遥远。所以，当一个人沉湎于恋情之中时，总是不断地说着“我在爱……我在爱……”这样，他在此后的生活中的每一个时期，都不断地重温着他恋爱时所经过的甜美的日子，不管这些日子已经过去了多久。这样，他能享受那些甜美的日子两次，一次是在恋爱之时，而另一次是在这恋爱之时已过，他在自己的心中再次享受。这种对于过去的重新回味，只能当我们在现时，为了记忆起它来，而建立起一个舞台，我们在这个舞台上同别人交换彼此的心声时，才能实现。而这正是文学家在倾吐心中之物时所做的。(这一点,从伊本·代米乃对他的女伴艾玛买进行责备的感情细腻的诗句中，看得很清楚)。

他们还说："太阳底下无新事。"这是一句实话。如果没有我们对生活的新的感受，我们的世界仍然是老样子。外部世界是永存的。而在文学中更新的，则是两种自我之间的关系，每一次，当那天际被一线新的光芒照亮时，总使我们认为那里出现了某种复活，而实际上，那里并没有什么复活、再生，所有的只是在心灵深处不断更新的春天。

最好的文学，就是充满这种关系的文学。没有这种前程的文学毫无意义，因为它如果没有这种关系，我们便可以随心所欲地给其命名，只是不能叫作“文学”，因为它已失去了自己的特点，而只是生活的一种记录。

文学批评的任务

一部分批评家们认为，批评的任务，只是寻根溯源，揭示缺陷与不足。抛开少数人所持有的幸灾乐祸的态度，我们看到，无论是在古代，还是在现代，持这种态度的原因是，他们认为每一类文学作品都有其最好的典范。每一个文学家，即使他作为一个普通的人无法实现这一目的，或者是在极少的情况下可以实现，他都应尽其艺术所能，达到这种典范的程度。这样，这些人们的批评的目的，只是在最后一刻，测定存在于被批评的作品和批评者眼前的这一类作品的典范的形象之间的距离。而实际上，如果你仔细观察一下，便会发现，这种典范的形象，并没有在批评者的心中存有什么影迹。他心中所有的，也只是作品本身。

这一类的批评，即使是建立在文学概念的正确基础之上，即：艺术作品之美的相当一部分没有缺点，但是，这一部分美，并非是美的全部。同样正确的是，评判好的作品的天平，是语言、修辞等精通的程度。正如明智的批评家伊本·艾萨尔所说："美和雄辩是没有止境的。"因此，对一个只有名分、却没有特征的东西，如何确定呢？因为它是没有止境的呀。如果批评仅仅局限于揭示缺点，那么它就返回到自己最狭小的形态之中，即只能依靠不能脱离全体的局部、小事才能维持的形态。此时，本质的东西便被遮盖于皮毛之后了。

我认识许多这一类的批评家，当他们读到《黎明的女儿》这首诗的开头时：

我呀，如果死亡把我的眼睛阖上，
我死亡的声音在城里传荡，
走过了大地上的一座座宅院，
你听到了它的巨大声响，
你不要呼喊：啊，悲伤！
不要让人们了解你内心所藏。

对这首现代诗精品之一的诗歌，他首先要设法否定诗人所写的开头，也许，正如宰纳特在《使命》杂志上发表此诗时所做的那样，提出了建议，把诗的第一句改为：

如果我呀，死亡将我的眼睛阖上
……

他这样做，是为了将条件句中的"如果"，从语法的角度用得规范，以适应后来的结句：你不要呼喊：啊，悲伤！

除此之外，还可能对个别动词的使用，提出批评。

他这样做，为的是不要错过展示他的知识的机会。而没有去注意——哪怕只是稍稍地、迅速地——作为诗人写这首诗的第一因素的心理状态。正是这种心理状态，使他写出了这首诗，而不是另外一首。这种心理状态是首先应该被注意到的，而不是诗人的遣词造句，选择的形式的正确的成功与否。

这样，一些人实现了他们的批评所要求的典范的形象，但是，仅仅局限于语法、韵律和语言的问题。这些问题与作品的主题和探讨主题的方法无关，更何况深入主题的实质呢？而他们无所了解的精神，却远离他们的探讨与重视。因为他们已经习惯于从外表的形式方面，去衡量一部文学作品，而不是从内容的表达方面去看。于是，在广阔无垠的诗的森林之中，由于他们都只是去注意计数一棵棵小树，一种一类的存在，而没能理解这森林的统一、广大与和谐。

在批评方面，这些人与那些被邀请享受丰盛的筵席的人们十分相似，他们没有注意整桌筵席，而只是去关心摆在这里或那里的几道菜肴。如果哪位可怜的人的喉中卡上了一块骨头，许久未能吐出，他则认为，这块骨头，就是筵席为他备下的全部菜肴。我高贵的兄弟，如果是你备下了这桌筵席，你难道不同情这些文学餐桌上的食客们吗？有时他们竟不能享受正确的品味。

另一类批评家们认为，文学作品的优秀之处在于其主题，而不是其他的方面。激情诗①的主题往往优于情诗，赞美诗

① 阿拉伯蒙昧诗歌中的一种，诗人多以饱满的热情，表达自己的勇敢、善战等优点。

又多好于悼亡诗。或者恰恰相反。这种观点的自然结果是，如果批评者具有社会中某种专门的政治倾向，那么在他所读到的、所听到的一切事物中，他只喜欢赞扬这一种政治倾问的东西，而从其他的一切面前走开。同样的情况适用于一个生活在一种十分本位的环境之中的人，他所能品尝到的只是这个否定外界社会的食物的环境所烹调出来的食物。这种批评也是建立在一种坚固的、实际的基础之上的。生活于某一个环境中的人，他所喜爱的，只是适于这个环境的一切，正如他只能接受他的政治倾向所支持的意见、纲领、思想一样。

但问题并非如此简单。如果你仔细地对这些人所爱、所恨进行观察，你所能看到的便是，哪些是适合于口味的评判，哪些不是。适宜与否的标准是他们自己的需要，而不是全人类的需要。因此，他们只能依照文学作品的内容对其进行评判和选择，而不去顾及他们从艺术方面所喜爱或讨厌的作品的价值，即是否成功地表达了一切时间和地点都存在于人类之心的情感。因此，这种批评也只能证明一种短见。我不认为可以用这种或那种短暂存在的环境的需要去规定文学——即使我们想那样做也不行。自从开天辟地以来，文学的存在领域，就是人们的全部生活范围，在任何时间和地点集体地或单独地生活的范围。并非是文学作品的题目，使文学作品美，而是生活，作者生活于其间的生活，使我们与作者同享之。每当作者能真实地表达这种生活，生活的形象便真实，这种形象便是美好的。

如果，我们指责前一种人在他们的批评中，完全忽视了产生了各种各样的、而非一种形式的“话”的心理状态，而这种“话”，正是雄辩的神奇所在，是他们在睡梦中和在清醒之时，都只求之的雄辩中的一种，那么，我们就要指责第二种人是无知，无视人类世界的真相。这里，无知与偏见可能是一种东西。否则，他们为什么只看这世界中被窄狭的边际所遮障住的一部分，仿佛他们世界中的这一部分，便是生活中的全部呢？

正是这种短见，使部分批评家在他们不熟悉的事物前束手无策，不肯在了解所不熟悉的事物的道路上付出任何艰辛。否则，如果你能看到的只是沙子，否定波涛汹涌的大海的博大又有何裨益呢？如果你只知道谷地与河流，否定白雪皑皑的高山之美，又有什么用处呢？正如我已说过的，在这里，如果批评家由于对于聪明人一看就知的原因，而对一部作品未能进行正确的评价，那么，他便对自己进行了正确的评价。他在对自己不明白的事物进行批评时，便把聪明人所了解的他的弱点向你揭示出来了。仿佛你是在别人的作品中读这位作者。在别人的作品中，看到了他是个独眼龙。

我说过，并非是内容使文学作品成为美的，是写这部作品的人的生活，使这部作品吸引了我们。这一点将我们带到了批评任务最重要的方面，即批评的基础，是探索每一部被评论的作品中的生活的意义。如果不是从这个角度出发，批评就是虚伪的，正如它所评论的文学一样，越好则越是谎言，这是批评家中的第三种人所努力实践的观点。他们认为，文学作品，只是充满生活的形象。对其的评价，要依靠它是否能真实地表现生活的实际。

但是，在文学主题中探求生活的意义，不能长时间地盯住那些主题的细微之处，正如你不能通过仔细观察一个人的外部肢体或内部器官去了解此人的真实面貌一样。所有人的肢体和内脏都是相似的,功能亦是同样。但是,张三仍是张三,李四仍是李四，他们的内心世界可永远不同。

那么，我们的生活，在我对它的感觉当中，是同时间相联系的，没有时间，它便是虚无的，丧失了自身的意义。同样的情况，存在于每一部具有生活特征的文学作品之中，促使去“说话”的感觉，与——或者说应该与——将其从一种状况逐步上升到另一种状况的时间结合起来。这里，将感觉的逐步上升和将感觉的记录是一回事。如果这种逐步，不是建立在文学作品要向我们表达的感觉的基础之上，那么，此作品将始终是玩文字游戏。因此，为了对一段或一部文学作品进行评判，这一部分批评家则必须看作品的全部，而不能像用一段丝线将一颗颗珠子串起来那样，将作品的各个部分拼凑起来。而那根丝线，恰如我们这里的一些文学偶像们所盲目依靠的诗韵一样，根本无法表达生活，亦没有任何生活气息。

如果批评欲发表正确的见解，必须要依上述内容而做。这正如我们大家在看戏时所做的那样。我们在对戏进行评判之时，不能像第一种人那样，仅仅依靠这位或那位演员的穿戴、外表。也不能只像第二种人那样，依据那使观众的痛苦、怜悯或高兴的感情达到顶点的一个或部分场面，然后再依靠情结的焦点或是矛盾的解决。我们对一部戏的判断，是要根据从头到尾的全部的戏去评判，根据全戏的设计、情节、该戏为了表现人的世界浓缩了这些事件或选择了那些人物所达到的目的。是的，是根据框架、设计、情节、目的，以全剧的趋向来判断，而不仅仅是服饰、化妆，或者那种不能给没有看到该戏的人们任何关于该戏的思想的爱情场面去评判。只有这样，每一个文学作品才会名副其实。音乐世界中，每一首被演奏家们发挥创造精神演奏的乐曲亦是如此，这绝不只是靠音符和调子来判断的。

批评的第四个、亦是最后的一个任务，是鉴别文学欧卡兹①市场上的真、伪作品。但现在，我们不是在谈那些“伪”的，而是对“真”的进行评价。那些模仿的作品，即使没有得到正确的评判，也不论这种评判来自何方，均与我们无关。文学界中有多少依靠自己的力量进行创作的大师们的作品啊！这些人所以能自立，是因为他为已经跨越了在创作过程中必须要跨越的如孩子们模仿他们的动作和说话的模仿阶段。

如果，我只是讲述了一些显而易见的公理的话，那就要请读者们原谅我。我之所以这样做，是因为有那样一些人，如果你没有像师范学校里每天对学生们所进行的教育那样地在他耳边反复重复那些公理，他便不能理解那些公理。这正是我们这个时代里，降临到我们中间的灾难。在这之后，你便可以看到，这位高傲自大佯装听你讲述的人，或者在等待着自己考试及格，或者仍如一名迷失者那样，令他的老师失望。

① 欧卡兹，离麦加不远的一个市镇。古阿拉伯时代每年在那里举行一次集市，诗人们争相在集市上朗诵自己的作品，由公正人加以评定。

西白沃依希之前及其后的阿拉伯语

在将这些题目展开、进行解释和评论之前，我将非常谦虚地谈谈我在直观判断上对阿拉伯语的见解。

第一，伊斯兰各国人民始终读与写的、使其在宗教上获得胜利、在文学上表现各异的阿拉伯语，自从希历二世纪以来，就是一种分散的、有教养的文明的语言。那些加入伊斯兰教的民族(当然是指非阿拉伯人)通过写和学习，接受了这种语言，在心理遭遇方面，社会环境方面，以及民族方面，并不同于阿拉伯人在自己的家乡、以各种不同的方言讲述的游牧语言。阿拉伯人以自己的本能讲着这种游牧语言。直至今日，在我们阿拉伯世界的各地，他们仍是这样地讲着。就是这种语言，许多语法学家们都努力从蒙昧时期的诗歌中，探寻其证据。对于伊斯兰初期的诗人法拉兹达格的诗中的这种语言，他们意见分歧。后来，他们对希历四世纪时穆泰乃比诗歌中所表现出来的这种语言的痕迹，又予以全盘否定。结果，他们既伤害了语言，也伤害了他们自己。最后，是对这一问题有着深刻认识的学者伊本·吉纳[①]结束了他们的争论。

第二，这种学生们在学校中所学习的、语法学家们为其制定的——我不说“发现”的——语言的语法规律，是为了能按照亚里士多德的逻辑来学习这种语言，这些规则并没有引证在很多时候与其不同的诗句或《古兰经》中的句子，结果，使语法学校的人们，落入了与自己相矛盾的境地之中。此时，他们的话“我比我的语法软弱”，对他们来说是正确的。

我以这种形式提出这个问题，是为了提醒人们，必须重新从形式和内容上，对这高贵的语言的框架和结构进行观察，这就像其他的民族的人民自 21 世纪之初便已开始、现在已近尾声的、对他们的语言进行的研究那样，而不要仍然鹦鹉学舌似地、不经过任何验证地重复着几年前的那些人们的话语。现代学者对语言的态度，不同于那些古代的语法学家。他们努力要语言发展，而不是使其僵死不变。那是因为，他们所进行的现代语言研究的支柱，是人们在各种事物中，自觉地讲述着的活的语言，而不是书籍中所使用的如木乃伊般的僵化的语言。而总结出的语法标准，在任何情况之下，都不应成为如一直继续到不远的昨天的、如对正规语的使用那样的、成为禁止呼吸和生命的绳索，也不应对方言漠不关心。

现在，让我们将此题目展开。

首先，让我们来看看伊斯兰对外征服的初期。那时，许多国家和民族都归到伊斯兰的大旗之下，他们努力地学习着这一新的宗教的内容，诵读这一宗教的神圣经书《古兰经》，

---

① 伊本·吉纳 (912 年—1002 年)，语法学家。

所以，他们必须要学习阿拉伯语。

这是宗教原因。除此之外的社会原因是，这些皈依伊斯兰教的人民与民族，强烈希望、并努力地在其日常生活中，与他们的新主人们实现相互了解。

十分自然的事情是，每一个学习语言的人，在使用中都会发生错误。这就被叫作“语法错误”。

这种语法错误又分为几种，在字母和单词发音上的读音错误，在组句上的方法错误和在句尾单词的符号错误。

在《古兰经》文尚未被标出读音符号时，那些诵读《古兰经》的人还发生过一种错误，一种十分荒谬的错误，他们将“真主及其使者对于以物配主者是无干的”(《古兰经》九章三节)中“使者”一词最后一个字母的符号读成了齐齿符，这是一个十分丑陋、严重的错误，而正确的是开口符[①]。

正因此，艾布·艾斯沃德·达伍里承担起了给《古兰经》文加上符号的重任，即用不同于书写字母的颜色，在字母前面，上方、下方，标上点点，以示读法的区别。

后来，海里勒·本·哈麦德用我们现在熟悉的方法，为《古兰经》经文标上了读音符号。

这样，一种错误被消灭了，剩下的只是读音、语言和方法的错误。十分清楚的是，犯这些错误的人，主要是非阿拉伯人，因为那时的阿拉伯人，是以自己的本能说着属于他们自己的语言。他们的年轻一代，也像其他的民族讲着自己的

① 在《古兰经》的这一节中，如果把“使者”一同读成了齐齿符，那么，“使者”一词便与“以物配主者”一词处在同一格位上，这样，这段话的意思便被歪曲了。

语言一样，同样具有这种作为人类的技巧之一的讲述自己语言的能力。

但是，这并不是说，那时的阿拉伯人在语言使用上没有错误，作为个人，他们有时也犯错误，也像非阿拉伯人那样地犯错误，但是，这种错误较少。一个人如果在使用自己部族语言时发生了错误，这种错误不足以因此而贬低说错人的地位。因为同其他部族的语言相比，他的部族的语言，并不是错误的，因此，这些便不是错误。它是阿拉伯人的语言，其使用形式是各种各样的。

这种错误与非阿伯民族的人们使用阿拉伯语时发生的错误，有着本质的区别。

语法学家们在他们的书中所说的错误，与非阿拉伯人的错误的区别是：第一种错误可以在我们对阿拉伯语的奥秘、方言的不同、表达形式的不同和风格多样的理解的过程中，予以解释和说明。关于这个方面，我将会向你们提供证据。而第二种错误，则不能在我们的语言实际中得以解释，而我们的语言实际又是进行比较和判断的基础和仲裁。

那时，必须收集各种阿拉伯语的证明，为阿拉伯语制定准确的规则。于是，语法学家和语言学家们便进行了收集工作。这种工作有时是在语言实际的基础之上进行的，如我们在许多动词活用的问题中所看到的那样。有时，又是在其可能性的基础之上进行的，如我们在那些没有实际基础的语法假设中所看到的那样。所有那一切的证明都在西白沃依希[①]的书中。但是，很少像海力勒在他的《泉源》一书中那样，

① 西白沃依希（生于796年），是巴士拉派的语法大师。

是在领悟的基础之上进行的。海力勒是将所有的词从其三母动词之根推出，然后，将那些已不被使用者去掉。

学者们已经感觉到，在一些说的语言和书写的语言之间存在着区别。某些语言符号仅局限于发声使用中。又因为阿拉伯语的书写，即使是在最好的情况下，也只是一种节略的书写，不可能描绘出人们所说出的语言的生动的形象，这正如我们在其他民族的人民那里所看到的一样。比如，在梵文中，字母“艾里夫”的读音不少于八种。而在我们的语言中，尽管符号很多，但是其读音形式只有一种，这些，在《古兰经》和各部落的方言中表现得很清楚。这种现象导致了许多发音研究的出现，一部分已引进到西白沃依希的书中，结果使他们中的一部分人将此问题弄得十分困难。

尽管有这些困难存在，但那时，必须为阿拉伯人把阿拉伯语变得简单。于是，西白沃依希便在大多数意见的基础上，总结出了他的语言和动词活用的规则，而不是他自己制定了这些规则（库法学派已经否定了他的这种做法），要求以这些规则为标准，认为一些违反这些规则的阿拉伯的方法都是“不规则的”，或“不正确的”，应该将其从阿拉伯语的书写和神话中除掉。他这样做，仿佛是要制定一种适用于非阿拉伯人的、简便的、教学用的语法规则。这就如我们在学习某种外语的语法时，开始时，我们大多只是使用那些标准化的东西。同样，母亲在教自己的孩子们时，也是这样。但是，当孩子长大时，这种方法便不再适用。这时，已经长大的孩子像他的家长一样地去使用语言，在不断变化的生活环境中，像家长们一样地改进了自己的语言。就是在这点上，库法学派指出了西白沃依希的错误。他们说：他想让阿拉伯人所说的语言的脖颈，按照他的具有教学目的的规则弯曲。

但是，著名的七大《古兰经》诵读者之一的海力勒学派中的凯萨伊，却不喜欢这种对语言的蔑视。他发现一些《古兰经》的章节，并不与语法学家们的标准及他们那严格的逻辑相符。他以其强烈的宗教情绪，拒绝将那些方法看作是“不规则的”，也不允许用标准去对其进行衡量，而是认为，那些所谓“不规则的”，都是正确的，如语法学家们所满意的那些标准形式一样正确。在他之后，库法学派们为保持语言的正确，坚持了他的观点。

总而言之，在人类的各种语言中，存在着某种亲缘关系，血统联系。每一个重视阿拉伯语的人，应该用外国的文化来武装自己。这种外国文化肯定会有益于他对自己的民族语言的看法和了解自己民族语言的奥秘。

西白沃依希制定的这些语法规则，并不是让阿拉伯人在使用自己的语言时避免错误，其目的是让非阿拉伯人不要错误使用，从而陷入各种矛盾之中。他想用逻辑去纠正那些在使用过程中发生的错误。

语言的语法在其被制定之时，就不可能成为一种目标。如果语法学家们是公正的，那么就将其作为理解语言奥秘的一种于段。

不由自主、随意说出来的语言，是了解这种语言、总结其规则的根本。因为它是活的语言。这一点，现代学者们在他们关于语言的研究中均予以认同。

最后，我相信，阿拉伯人的语言是有区别的，而且又都是有其道理的。我认为,阿拉伯人的话的排列,无论是规则的,还是不规则的,它都是阿拉伯人的话,不可以用属于哲学范畴的逻辑来判断属于生活领域的语言。

新诗的框架

面对阿拉伯现代诗歌，历史学家和文学批评家们首先感觉到的是，它的框架结构是新的，可实际上，它并非是全新的。如果今天，基斯·本·萨阿代提·伊达伊[1]站在我们中间，他会因自己那些名句，将自己认为是一种新派人物：

夜漆黑，
天空缀满星辰，
大地遍布涧谷，
汪洋波涛汹涌。
为何我见人们匆匆而去，
却不见其返归。
他们是安于所去之处住下？
还是离开那里睡下？

① 基斯·本·萨阿代提·伊达伊，蒙昧时期诗人。

这种革新的思想在蒙昧时期就已存在，但是仅局限于讲演的狭小范围之内。今天，在诗的领域里实现这一思想，便是诗的革新了。我认为，最初推动对旧诗歌的旧的框架进行革命的原因，也是使一位蒙昧诗人大声疾呼的原因。他说：

为什么我看到，
我们总说别人的话语？
总把自己的话
一遍又一遍地重复。

而在另外的环境里，这些原因使安达鲁西亚的诗人们创造了“长短路”，使衰落时期的诗人们说出他们的“条款”诗。不过，我很担心从今以后，那个蒙昧诗人的呼喊，因很适用于由于有些人急于从古诗的框架里逃离出来而出现的贫瘠状况，而再次响起。

这种变革发生在三件事情上。我们这里的知识分子们已经发现，其他民族的诗歌，并不比阿拉伯人所推崇的诗歌逊色。一些民族也没有阿拉伯人那样多的韵律。一般来说，只有三个到十个。比如英格兰民族就是这样。尽管如此，英格兰的诗歌却很精彩。而这种精彩，就是在那有限的韵律与音步中实现的。同样，我们中间的知识分子们也发现，有一些民族的人民，如日本人，在他们的一些诗作中，根本不重视什么诗韵。但是，他们却通过双关语的利用创作出了很美的诗。他们有时像我们那样，把双关语用在句子的最后，有时则有他们自己的用法，即用在句子的开头。还有一些国家，如中国，那里的诗人在很多诗中并不搞音步。但是，他们同样精通诗歌，独具特色。它的诗歌的精彩，依靠的是同义同，或被我们的修辞学家称之为对偶的使用。同样的情况，我们在《旧约》的诗歌中也可以看到。

我们大家都已看到，阿拉伯语，在那些使用过的框架中说着反复说着的话方面，已经筋疲力尽了。没有一个韵脚，没被诗人们使用一千多年了；没有一个韵律，未被后来的诗人们从他们的前辈那里模仿过一千遍了。他们看到——他们是对的——我们的旧有的框架，使得那些人的讲演都具有一种特点。在这些框架的范围之内，他们很难以形而上学的自由去表达他们的自我。只有以重大的艺术的牺牲，才能避免这些框架所带来的灾难。这些人可能忘记了，不论在哪个时期，那些不进行模仿的人们，都不会遭受这种困难。创造者们在那拥挤的队伍当中，用他们那强有力的臂膀和远见卓识开辟着道路。另外，他们也知道，阿拉伯古典诗歌总是呼吸短促，无法承受那长长的史诗。而其原因，就来自诗韵。

在我们中间出现的第三部分人看来，那些音步和韵律，简直是些无法破译的密码、符录。这些人具有外国的文化与西方的思维，他们根本不精通阿拉伯语，即使想用好阿拉伯语，也是不可能的。因此，他们便心甘情愿地走他们所了解的外国诗歌的道路，但使用的文字都是阿拉伯文字，词语也是阿拉伯的词语。这些人忘记了，字、词的语言的意义并不是站在其闪亮的玻璃顶端之上的。在它的身后，有照出人类历史的那面镜子。同时，这些字、词的框架有一个更伟大的顶峰，那是诗人们得益于自己民族文学史中的民族精神而创造出来的顶峰。当这种框架从一种语言被翻译成另一种语言时，必定使其特有的精神做出重大的牺牲。

在上述三种人之后，便是那些不精通任何文化或任何一种外语或文学的模仿派的人们。他们在自己面前看到了一种向他们召唤的、极易得到的、利润丰厚的新东西。于是，他们便扯开大嗓门，表示着不同的意见……但他们是最无能的人。他们所以这样做，只是爱出风头……然后继续厚脸皮地、在市场上买卖这种新货。

以前，已有过尝试。

但是，在过去若干世纪中，这种尝试却没有成功。因为诗人们都把蒙昧诗歌作为创作的最高典范，对其地位十分敬畏。而蒙昧诗歌的主要支柱就是建立在十六个诗的韵律上。当时，地地道道的阿拉伯诗人们中的天才——海力勒在自己的诗歌中，对这些诗韵的研究是非常成功的。而那些为数甚微的脱离这些诗韵的诗歌，则未引起人们的注意，因为那不符合他们修辞中的流畅表达。

他们把那种不受诗韵约束的自由表达的诗歌称为“自由体诗”。《文学家》杂志所注重的这一学派的代表人物有艾勒比尔·艾迪布，他不时会写出这种诗。另外还有苏莱雅·穆勒哈斯的“迷失进行曲”。他们的诗很有些像那些翻译过来的外国诗中的一些段落中所表现出的形象。如果我们抛开这种诗，那么，就会看到，尝试应首先从诗韵开始，即从束缚中解放出来：

一、在一首诗中的每两行诗句中更换韵脚。这方面的例子有：米哈伊勒·努欧曼的《冰河》、法德威·吐干的《橄榄的幻觉》和纳兹克·买拉依凯的《月亮树》。

二、在由三个或三个上以上诗句组成一段的诗中，更换每段的韵脚，但是，每段的节奏应是相似的。这种诗如米哈伊勒·努欧曼的《心的天地》《如果你能摘到刺》，伊里亚·艾布·马迪的《符录》《来吧！》，海里勒·买尔迪姆的《男女醉鬼》，沙比的《在死亡谷的阴影里》，艾姆吉德·的黎波里的《乐曲在我的唇边》，法德威·吐干的《在埃及》《我独处黑夜》《送给你一张照片》和纳兹克·买拉依凯的《一朵黑花》。

三、在具有许多段的长诗里，每段各用一个韵脚，如法齐·买阿鲁夫的《在风毯上》，阿里·买哈茂德·塔哈的《灵魂与精灵》，欧买尔·艾布·里舍的《将达克》，乃西布·阿里德的《啊，心！》，沙比的《迷失的思念》，西雅布的《诗集》，伊里亚·艾布·马迪的《我与儿子》和纳兹克·买拉依凯的《生活之歌》。

四、随之，则是在一首长诗中，更换每一个段落的韵律，在变换韵脚的过程中，各段落的形式并不一样，这方面的例子有：伊里亚·艾布·马迪的《诗人与国王》，舍菲格·买阿鲁夫的《天才》和伊里亚斯·法拉哈特的《牧人之歌》。

从上面的这些例子里可以看到，上述的那些尝试均是成功的。按照海里勒的方式，音步都是建立在每一句诗行的两个半行之上。这些尝试的成功，最好地证明了，诗韵是阿拉伯人的诗歌中的音步支撑点，无论是全诗只采用同一个韵脚，还是交换地采用几个韵脚，情况均是如此。

我们也不应该忘记，古代阿拉伯人所进行的摆脱束缚的尝试，是在一个诗句的两半之间，遵守同一个韵脚，正如他们在“长短格”中所做的那样。而我们现代的诗人们，则在“长短格”以外的其他的诗韵中进行了革新，并且获得了成功。如拉依夫·胡里的《爱》，艾姆吉德·的黎波里的《你和我》。同时，也有的人是在每两行之中使用同一个韵脚，如密特朗的《你可记得》。

那之后，才开始了真正的尝试。尝试的范围是在音步本身。当时，进行这种尝试的可能性极大。

一些新诗人们努力在一些韵律中(纳兹克·买拉依凯按照实际运用的，规定其为六种韵律)进行如下的尝试：

一、使一首诗仍然保持一个韵脚，但是，变换其音步的数目。如乃扎尔·盖巴尼在《丁香花环》和《腺癌》中所做的那样。

二、变换一首诗的音步数目。使这些音步在几个韵脚之间做简单的迁移。其例子有乃札尔·盖巴尼的《给一位心怀仇恨的女士》和他的另一篇佳作《孕妇》。

三、在具有相似的韵脚却有序地进行相互变换的一首诗中，变换音步的数目。其例子有：纳兹克·买拉依凯的《让我们分手》《秋》《洗去耻辱》，白德尔·沙基尔·四牙布的《神话》及乃扎尔·盖巴尼的《桑巴舞》。

四、在具有许多段落、韵脚不止一次地发生着变化的一首诗中，变换音步的数目。如纳兹克·买拉依凯的《到达》《爱恋之河》，穆罕默德·买吉祖布的《啊，如果叹息有用》和卡兹姆·赛纳维的《战争与和平》。

五、在一首没有韵脚变换的不同段落、而以自由体形式表现出来的诗中变换音步的数目。如四雅布的《墓工》。在这方面，当时是出现了一些混乱和随意，有些像衰落时期的“条款”诗人们，正如他们中的一位——尹本·乃巴台所写的：

吹过荒野的风啊，
把瘦弱的牲畜杀害。
慢慢地，忍耐着，你如何能把
遍体伤害的路避开。
我已离开了面如太阳的人儿。
他的面容能使墓中死人复生，
他给五官的享受，
是心最大的期盼。

如果那里有内容方面的区别，这种区别源于两个时代的不同的启示。

我不否认，如果把那些伪造者除外，除了上述第五点所提到的尝试中的缺点之外，纳兹克·买来依凯已在她的文章中对此进行了分析，另外还有一些尝试也是成功的。

这一切之后，还有一个新诗人们迄今还未解决的问题，即将两种不同诗律中的两种不同的韵律的音步混合使用。他们在这方面的尝试也会成功吗？或许他们最终会看到，他们企图以摆脱海里勒的韵律的方法去解决的诗歌的问题，实际上比这些韵脚和韵律更重大呢！